日和
hiyori

让阅读成为日常

巡礼之家（下）

巡礼の家

〔日〕天童荒太 ◎著
米悄 ◎译

湖南文艺出版社

二十四

雏步深感震撼,虽然还不能完全理解故事的内容,但是她懂得,对方对她这个完全算是外人的人坦白自己家族的历史是多么难得,她对着飞朗深深地低下头去:"……谢谢你。"

与此同时,又有一个疑问浮上了心头。

对于鹭屋,包括老板娘在内的所有人的事情,她都非常真切地想要了解,能够听到飞朗哥为她讲这些,她也觉得特别感动……但是,请等一下。这是不是有些奇怪啊,确实有点奇怪呢。

"请问……"

"怎么?"

"为什么,要把这些事情讲给我听呢?"

不是吗？飞朗哥对自己的情况一无所知啊，甚至连她姓什么都不知道，为什么却……雏步越发觉得奇怪。

这个嘛，唔……飞朗有些不知如何回答才好，挠了挠后脑勺。

"怎么说呢，就是有那种想让你了解的心情吧。我不清楚你是天生具备，还是后天培养出来的一种能力……就是让人想把很多事情都告诉你。也许，你身上有一种让人想倾诉的力量，这么说最恰当吧。说实话，我也不懂自己为什么说了这么多。"

飞朗扬起脸，呵呵呵地笑了起来。看着他洒脱爽朗的侧影，雏步不由得受到感染，也跟着笑了起来。为什么都无所谓了，她想。或许，能够这么想也是受了鹭屋的影响吧。

"既然来了，咱们去参拜一下吧！"

飞朗向神社的方向走去，雏步跟在他身后。

只见被白壁环绕着的一方天地中，有一座瓦屋顶的神社大殿。

"那就是汤神社的拜殿。"

拜殿的正上方悬垂着粗粗的注连绳和飞朗刚才曾提到的纸垂。

来,为结善缘……飞朗递给雏步一个五日元的硬币。

飞朗摇响铃铛,将香火钱投入功德箱。

"因为经常来祭拜,今天,就祈祷雏步的幸福吧!"

说罢,他朝着拜殿里面躬身行了两个礼,击掌两下之后又一次低头行礼。

飞朗的话让雏步诚惶诚恐,她也将香火钱投入功德箱,学着飞朗的样子行礼祭拜。

但是,她却想不出自己想拜托神灵什么事。她试着想象自己的幸福,却也有些茫然……她想祈愿飞朗哥的幸福,那样的话,就还有老板娘的幸福,小卷姐姐的幸福,鹭屋所有关照过自己的人的幸福……这么一来,短时间里也拜不完。忽然她想起刚才飞朗说过的一句话,守护鹭屋的平常。

如果自己能够更早一些来到鹭屋,就不会走到那种境地……如果,鹭屋的这份平常,从很久之前开始,就扩散到了更广阔的地域的话……或许,自己现在还在家乡生活……

"喔!你的祈愿很了不起啊!"

旁边传来飞朗含笑的声音。

雏步一惊,转脸去看他。

"啊……我,说了什么吗?"

"你说,希望鹭屋的这份平常能够成为全世界的平常。"

啊?说出声来了……雏步用手捂住了嘴。她想起来,真雀婆婆也说过,自己把想说的事情都写在脸上,有时嘴唇也会跟着动。

"哎!让你们久等了哟!"

鸿野先生从拜殿深处走了出来。在他穿鞋的时候,里面又走出一位男子,只见他身穿一袭白色和服,外面披着一件外褂,步履沉静。飞朗向对方问好。

"你好,飞朗君,纸垂制作得还顺利吧?"

"大家现在正在做呢。樋口宫司,这位是雏步小姐。"

听到飞朗介绍到自己,雏步连忙端正姿势,低头行礼。

"哦,听说了。你好啊。请好好调养身体。"

语气和缓,神态自若,一副处变不惊的样子。

"飞朗君。"

正在向停车场走去的三个人的背后传来樋口宫司的声音。

"我每天都在这里为隼一祈福。"

"谢谢您。"

飞朗深深地鞠了一躬,樋口宫司转过身,无声无息地朝里面走去。

雏步不懂得究竟,但似乎是比较私人的事情,所以她忍住没问。

三个人上了轻卡之后,鸿野先生说道:"我载你们绕着道后转一圈吧。"

他沿着原路开下山坡,穿过道后温泉本馆旁边的小路,又开上了另外一条相对来说略微平缓一些的坡路。鸿野先生指着左侧说道:"这里是祈祷家庭圆满的圆满寺。里面供着的那尊佛,看上去就特别慈祥。"

在小寺院的附近，有几对情侣模样的游客。

"以前这条路的两侧开了很多花馆，热闹得不得了！叫作色里，男人们和打扮得花枝招展的女人就在这一带玩乐哦！"

"'情乡之色里，但离十步遇秋风'……也是子规的俳句。"

接着鸿野先生的话，飞朗念出了一首俳句，并介绍说："坡上就是一遍上人的出生地宝严寺。色里花街之上居然还有寺院，真是让人觉得不可思议。但是，对晚上工作的女人们来说，白天，她们或许还需要另一个空间，一个可以让她们祈祷、放松，偶尔想躲进去的地方。"

"飞朗啊，很深刻啊……深刻。"

鸿野先生啧啧感叹。

他将车又往前开了一点，马上又停住了。雏步向左看去，哇……一段长长的石阶一直向上，仿佛直通天堂。角度十分刁陡，看上去近乎垂直。

"这上面就是伊佐尔波神社。几个字比较难写，我也写不出来。庙会祭典的时候，年轻人会抬着大个儿的神轿,从上面沿着这条石阶路走下来。"

鸿野先生的语气中不乏自豪,说罢又将汽车开动起来。

又在骗我什么都不懂吧……雏步在心里苦笑道。在这条看上去近乎垂直的石阶上抬着神轿走下来,人类是绝对做不到的。

"话说回来,女孩子对神轿之类的也没兴趣吧?"

雏步却摇了摇头。

"哦?对神轿感兴趣?"

"……嗯。"

"我的工坊里刚好放着好几台正在修理的神轿,下次可以去看哦。让勇麒带你去就好了。到时候,狛犬的钥匙扣什么的,他很快就能做给你。"

鸿野先生表情亲切地说着,沿着坡底下的拐角向左转去。

"对了,奏磨雕了个很漂亮的狛犬……我一开始还以为是勇麒雕的,以为勇麒从鸿野先生这里学到了手艺。"

飞朗对鸿野先生说道。

"没有啦，勇麒这小子根本就对这门手艺不上心，反倒是奏磨在一旁懂得学习，雕得像模像样。"

"奏磨那孩子，好像也对继承磐户屋不情不愿的。"

"磐户屋家连着好几个都是女儿，好不容易得了个男娃子，一定非常想让他继承家业。但是，这对奏磨来说，也是一种压力吧。"

"他最近也不去上学，每天跑到鹭屋的自主学习教室来。好像磐户屋很担心，来过好几次电话。有勇麒跟他做伴，人又聪明，我倒觉得不会有什么大问题。"

"是啊，如果有奏磨这孩子一起做功课，勇麒这个傻小子说不定也能考上高中呢！"

鸿野先生和飞朗聊着少年人的话题……雏步的脑海里却浮现出一个画面，一顶无人的巨大神轿从石阶滚落，直接掉进了下面的河水中，她感到心中一阵剧痛，猛然闭紧双目，无声地数起数来，一、二……

数到五十一的时候,车子似乎停了下来,"雏步。这里就是四国八十八所的第五十一所,石手寺。"

雏步被飞朗的声音惊起,睁开了眼睛。

飞朗指着对面的左手方向。只见一条小溪之上,架着一座短桥,桥的那头通向参诣道。正殿大概就在参诣道的前方,从这边看不到。

这时,从参诣道里面走来一大群人。主要是一些上了年纪的女性,他们穿着普通的外出服,外面披着件白色无袖的马甲一般的外褂,朝着停车场的巴士那里走去。好像是在电视上看到过的那种巡礼旅行团。

"这边是正门,所以很少能看到徒步巡礼者。"

鸿野先生说着,又发动了车子。车向左转,进入一条狭窄的小巷,似乎是绕到了寺院的后面。汽车正沿着蜿蜒的山谷小路前行……却见两位一身白色装束,头戴浅斗笠,打扮得像是徒步巡礼者的人,在路的另一侧朝着与车子相反的方向走来。

鸿野先生放慢车速。雏步看到了对方的面孔……

不由得睁大了眼睛。

"哟,是外国人呢。"

正如鸿野先生所说,那对三十岁左右的男女看上去像是欧美人。

鸿野先生停下车,飞朗下车朝两人走了过去。他用大概是英语的外语跟他们交流了几句之后,好像在为他们指路,用手指着刚才来的方向。又补充说明了什么之后,飞朗从外套口袋里掏出名片样的东西递给了二人。

两个人很高兴,满面笑容地朝着回到车子这边的飞朗挥着手,也看了看鸿野先生和雏步,朝他们挥手。鸿野先生举手招呼着:"Have a nice day. Have a nice day."雏步有些不好意思,但也挥手回应着两个人。

"说是从列支敦士登来的。"

车子启动之后,飞朗对二人的信息做了说明。

"啊?还有名叫法兰克士登的国家?"

鸿野先生把雏步也想问的问题原原本本地问了出来。

"不是法兰克,是列支敦。列支敦士登。位于欧洲中部的一个小国家,好像是夹在瑞士和奥地利之间。"

"哦!奥地利,是不是就是南面那个,那个有考拉的国家?"

鸿野先生,您绝对是自己人……雏步简直是充满感激地看着鸿野先生。

"总之是从很远的地方来的就是了。"

飞朗没有揭穿……雏步又将视线投向飞朗。不知飞朗有没有了解视线的含义。

"最近,来自海外的巡礼者越来越多了。他们背着大大的双肩包,在民宿或者青年旅社住宿,巡拜八十八所灵场寺院。西班牙也有非常著名的朝圣之路,所以外国人对巡礼这种文化似乎也很熟悉。"

"鹭屋是不是也接待过很多外国人啊?"

"是啊,有些人心事重重,无处可去。而那些以观光为目的的有钱人,跟国内的游客是一样的,我们会介绍到其他酒店或者旅馆。刚才那两个人对我说,对于目前世界的分裂状态,他们作为个体却感到无能为力，很痛苦，希望能够通过到各国徒步巡礼，寻求答案……所以我就给了他们名片，告诉他们说，如果找不到住的地方，请到鹭屋来。"

"那……外国也有很多无家可归的人吗？"

雏步感到好奇，不假思索地问道。

"嗯。来到日本走访巡拜灵场圣地的人，即使精神上感到迷失，在物理上大概也有归处。但是放眼全世界，在现实生活中无家可归的人真的非常多……因为内战、纷争、贫困以及犯罪，失去了居住的家园，家乡的城镇遭到破坏，这样的人……不知道日本有没有，但世界上还有很多啊！"

"……这样的人，鹭屋也都会接待吗？"

雏步以前从来没有想过世界上的事情，感觉距离自己非常遥远，所以也完全不知道发生过什么……只是因为好奇而积累了太多的问题。

"嗯……"飞朗低头沉吟，陷入了沉默。

"对不起。"

雏步以为自己问了不该问的事情，连忙道歉。

飞朗面露略带苦涩的笑容。

"雏步没什么不对啊,你问了一个好问题。我们真的想接待,接待很多很多流离失所,过着苦难生活的人,但是……做不到。"

疑问被雏步吞了下去。

"理由有很多……但是,鹭屋的平常,甚至都不是这个国家的平常……更不是全世界的平常,首先是因为这个吧?"

飞朗艰难地回答道。

鸿野先生叹了口气:"飞朗啊,深刻,太深刻了。"

二十五

鸿野先生开着车子沿山路下来,将两人送到了道后温泉车站的前面。站舍是古老的木造建筑风格,设计得又很有现代感,看上去有一种《哥儿》的故事氛围。

"到了。雏步小姐,有时间一定要来工坊玩啊!"

鸿野先生丢下这句话,开着轻卡渐渐远去了。

鹭屋距离站前不远,所以飞朗又带着雏步走进了道后温泉车站里。站舍结构小巧紧凑,没有候车室,可以直接走到月台上。

"往松山城方向和商业街方向去的有轨电车就从这里发车。从明治中期就开始运行,在漱石先生的

《哥儿》里面出现时，是只消三分钱就可以乘坐的火柴盒一样的火车。现在使用的是内燃机车，外形是仿照当时的蒸汽机车制造的，按照一定的时间间隔运行。虽然不是蒸气驱动，但它时不时也会发出呜呜的汽笛声。声音可以传到很远，所以，雏步早上听到的像是汽笛的声音，就是哥儿列车的鸣笛。"

雏步听着飞朗的介绍，有些心不在焉……她一半以上的心思都在考虑其他的事情。

从石手寺的背后到站前，飞朗和鸿野先生一路上都在聊松山的大神轿即将在台湾亮相的事情，雏步却在一旁不自觉地回想飞朗之前讲述的那个长长的故事，她在心中一件一件地整理着自己没太明白的东西……咦？心中突然冒出一个问号，而随着她对故事的逐渐梳理，问号变得越来越大。

"好了，咱们回鹭屋吧。"

飞朗走出了车站。就这么回去的话，跟飞朗两个人单独相处的时间会变得非常有限。雏步觉得，到时候自己将很难有机会提出心中的疑问了。

"那个……有一个问题，我，可以请教吗？"

雏步声音大得把她自己都吓了一跳。

"哦，可以啊！"

飞朗也有些吃惊，他站住了，刚好有游客正在进入站内，他就带着雏步来到了站舍的背面。"什么问题啊？"飞朗询问道。

"就是……刚才，听了很长的故事，对鹭屋也了解了很多，谢谢你……但是，我刚才在回想的时候，突然发现一个奇怪的事情……"

雏步拼命搜罗着词汇。飞朗安静地等着她说完。

"老板娘负了重伤，回国之后，结了婚，后来又被任命为鹭屋的老板娘……好像，飞朗哥的爸爸，自从结婚之后，就完全从故事当中消失了……自己的母亲得了重病的时候，他在做什么呢……自己的妻子即将成为新的老板娘，他又是怎么想的呢……"

雏步话刚说到一半，就见飞朗垂下了眼睛。她不由得担心自己又说了什么不该说的话，但是仍然无法抑制地想把话说完。

"我在鹭屋见过很多人……但却没有见过飞朗哥的爸爸……我就想，他到底在哪里呢……对不起。"

雏步话音刚落，飞朗就长长地呼出了一口气。

"确实，"飞朗的语气中含着一丝苦楚，"父亲的事情，我一直刻意绕开……或者，是无意识地想避开这个话题。"

避开？雏步默默地等着飞朗说下去。

"父亲……如今下落不明。"

呜呜——远方似乎传来汽笛声。

"父亲和美灯结婚后不久，再次加入了医疗团体，他依然渴望到海外，去帮助那些纷争地区的百姓。美灯为此负过重伤，所以爷爷奶奶、我和小卷都反对他走。但是父亲非常固执，他说休息了太长的时间，也给很多人添了麻烦。我们觉得，如果美灯出言相劝，或许父亲能够听从，因此大家都期待美灯能够出面阻止。但是，大老板娘真雀表态说'美灯在隼一的事情上不便干预，大家也不要去过问咋呐'……就这样封住了大家的口。"

隼一……好像就是飞朗父亲的名字了。这么说，刚才宫司也对飞朗说过，他每天都在为隼一祈福。

"美灯因为自身的原因不得不脱离医疗团体，大概也为此感到愧疚，所以，就算她不希望父亲离开，心中也十分纠结。真雀外曾祖母一定是体察到了她的苦恼，认为不应该交给她来决断，让她为难。最后，大家决定尊重父亲的意愿。父亲跟奶奶他们保证，会保持定期联络，这个约定遵守了半年。就在归国日期临近，我们也都开始放心下来的时候，医疗团体发来消息，说是跟父亲失去了联系。"

呜呜声再次响起，这次可以确定是汽笛的声音。

"这一回，父亲是被派遣到一个小村子里进行医疗援助，这个村子位于两个敌对国的国境线上。虽然双方暂时停战，但是物资和药品的运输车辆跨越边境的界河时，时常会遭到阻击。父亲在失踪之前，村子里暴发传染病。村民、特别是孩子们急需药品和营养价值高的食品。但是司机因为害怕遭到袭击，所以运输成了一个大问题。虽然政府有意就此跟对方谈判，但因为村子远离中央政府，走政治干预的途径比较花时间……当时，有一些当地商人的小船来往于河流沿岸，进行商业活动，父亲就决定利用这种小船，挂上白旗和医疗团体的旗帜，越过敌对国的阵地,与前线部队直接交涉有关物资输送车辆的放行问题。"

为什么为了救别人的性命,要冒那么大的危险呢……雏步连大气儿都不敢出,认真地听着飞朗的讲述。

"这种情况,因为是属于非法偷渡,所以当然遭到了很多人的反对,但是村民们一个接一个死去,父亲实在是看不下去了。也许,他想通过对话解决问题,以免事态发展到美灯遭遇过的那种情况。于是,父亲在村子长老的陪同下渡过界河,踏上了对方的领土。据说,当时河对岸据守着整排荷枪实弹的敌方军队。父亲和长老从黑森森的枪口中间穿过,消失在丛林深处……那是对岸的村民和医疗团体工作人员看到的最后画面,从那以后,父亲和长老就失去了踪迹。"

地面有些微微晃动。空气中也传递着一波波奇妙的震颤。"进站了。"飞朗说道。雏步从站舍的屋檐下向月台方向看去。只见一辆浓绿色的蒸汽机车……样式的哥儿列车一边减速一边驶来。列车在距离雏步他们稍远的地方徐徐停下，列车员下到对面的月台上之后，乘客们有说有笑地陆续走出车厢。

"接到消息之后，我们依然心怀希望，美灯、我，还有习惯旅行的爷爷，一起去了当地。那时候小卷还在上初中，在大家的劝阻下没有同行。或许，父亲的失踪成为新的导火索，两国之间又爆发了激烈的战斗，局势愈发严峻，我们未能去成父亲所在的村子，只能前往设有医疗团分部的首都。在那里，我们见到了逃难过去的村民和医疗团的工作人员，听他们讲述了事情的经过。所有人都在赞颂父亲的人格，感动于他的真诚与博爱，敬佩他在此次行动中所表现出来的大无畏的勇气，为他多年的贡献向我们表达谢意……但是，我们没有听到任何关于他的下落的消息。关于他是否还活着，从对方的表情和气氛中，可以感受到一种否定的态度。美灯只是默默倾听，向讲述者致谢。"

哥儿列车又缓缓地开动了，好像进入了前面的调车编组场。雏步为了拉住自己不知要飞向何处的心，用目光追逐着列车的动静。

"我们回来之后,一直都在等待消息,但一直都没有等来。两国间的争端不断升级,开始出现外国医疗工作者或调查记者死亡的报道。就在这期间,奶奶查出了癌症。病因中肯定也包含着焦虑,爱子下落不明,对她的打击实在是太大了。奶奶去世之后,爷爷开始在帐篷里过隐居生活,儿子的遭遇也在他的心里投下了阴影……爷爷和父亲感情特别好。父亲的名字就是爷爷取的,鹰隼的隼加数字的一,隼一。他说,因为他自己是养在院子里的家鸡,所以希望自己的孩子能够展翅翱翔在长空。后来,也偶尔听到有人在私底下说,真不应该取那样的名字。"

那个白胡子老爷爷,原来有过这么悲伤的经历……似乎有什么东西直刺进心里,雏步感到一阵锐痛。

"美灯从来没有在人前为父亲的事情哀叹或者哭泣过。父亲从失踪到现在已经有五年了。我和小卷虽然心里都非常难过,但是就像刚才说过的那样,本来父亲就不常在身边,所以我们都用各自的方式去接受这个事实。我想每个人都是一样的，只是方式不同而已……有关父亲的事情，大概就是这样。"

　　飞朗仰头望着天空，又长长地舒出一口气。

二十六

"回去吧。"飞朗迈开步伐,雏步默默地跟在他身后。

右边是公灵馆的大门,左手可见白鹭神社参诣道的入口。他们沿着其间的道路向前走,经过幼儿园、日托中心,最后抵达鹭屋的玄关。

正准备进门的飞朗似乎突然注意到手机上的信息,站在玄关前摆弄着手机,打手势示意雏步先进去。

雏步拉开门扇,犹犹豫豫不知该说什么才合适。

"我回来了。"

她怯怯地小声说道。

"啊,回来了回来了!"

出现在眼前的玛利亚马上大着嗓门朝自己身后

喊:"雏步姑娘回来了咋呐么唏!"

大开间那边紧接着传来一阵骚动。

老板娘手里攥着手机迎了出来,像是松了口气,她看着雏步说:"你回来啦。出去这么久我有点担心。给飞朗打电话又没人接。你还好吗?"

雏步想起从飞朗那边听到的关于老板娘的故事,竟一下子无法回应。

正在这时,飞朗走了进来。

"我回来了。对不起,好像有好几个未接来电,我把手机拨到了静音,所以没留意。光顾着说话了。"

"飞朗啊,雏步的身体还没完全恢复呢!"

老板娘态度温和地嗔怪道:"阿猪先生也特别担心,让明典拉着人力车去找了呢。"

"啊?真的啊?那我马上跟他联系。鸿野先生开着车带我们到各处转了转。"

飞朗一边打电话一边解释道,雏步在一旁感到十分过意不去:"那个,是因为……"

她刚想说自己也有责任,却被玛利亚紧紧抱在怀里。忽地一下子,雏步的脸又被埋在丰满的胸脯里。啊,喘不上气,还没等雏步挣扎,玛利亚就放开了她,手扶在她的后背说:"快上来快上来。"花凛也招呼着出来了,伸手迎向雏步。雏步脱下运动鞋,任由花凛牵着手,迈上了大堂。

"回来啦回来啦!"大开间里的众人,有的站起身,有的半坐着直起上身看向雏步,"你回来啦"——招呼声此起彼伏。都是刚刚才认识的面孔,但是所有人都笑着迎向雏步,关切地问她:"还好吗?脚没事吧?"

连幼儿园的小朋友们都在对她笑,挥着手欢迎她,有个小朋友还奶声奶气地操着方言,像个小大人似的说道:"走那么远,让人担心就不好了咗呐么唏。"

还有个小朋友跑过来贴紧雏步,模仿大人的口气说道:"终于,可以两个人独处了。"惹来周围一片欢笑。

雏步从来没有过被这么多人温暖相迎的体验,她茫然地遵从着旁人的引领,在最靠近的桌前坐了下来。

"来一杯热饮吧。是蜂蜜腌渍的甘夏橘,用热水调制的。"

尚子将一杯热气腾腾的饮品放到了雏步面前。

雏步机械地端起杯子送到嘴边,杯中的液体散发着酸酸甜甜的清香,喝上一口,蜂蜜稠润的甘甜缠绕着舌尖。舌面上还残留着薄薄的果皮,是伊予柑吧……雏步想起之前喝过的饮品,轻轻咀嚼,一种更为柔和的清甜盖过了伊予柑的微苦。

围着雏步的人们全都放下心来的样子,各自归位。

"好了,再次开工!"

似乎是挂河先生的声音在发出指令。大概是滨田先生应声而起:"前承后继,制作涎子,创造结界,诸多快意。空海别名,弘法大师——"

人们拿起桌子上的和纸,裁的裁,折的折,你一句我一句地开始接龙:

"大师乃是,佛的使者。所拜神社,在斜对过。漠不关心,麻烦多多。最是温暖,与人同乐。庙会祭典,凡间盛宴,消除纷争,再无战乱。爽快愉悦,金色世界，轻央高洁，极乐世界。浮文套语，太过无趣。制作涎子，重在心意，你我携手，齐心合力。敷衍了事，徒生悔意。快来快来，快做起来，庙会即开 悬灯结彩，宇和之海，濑户内海！"

当大家的声音完美地合在一起时，声调同时抬高："噢——"大开间里回荡着拍击桌子的声响。

美千代和阿光来到雏步身边，邀请她："雏步，咱们来一起做。"

大家为雏步空出一个位子，桌子上已经准备好了和纸，美千代和阿光先将和纸裁成细长条，教给雏步等距折叠的方法。雏步一开始还手生，但很快就熟练起来，折出一个很漂亮的纸垂。

"哇！做得不错。很棒！"

"真的，比我们手巧呢！"

雏步虽然受到称赞，心里的困惑却大于欢喜。大家像是在鼓励她做下去，她正要开始做个新的，手却突然停住了。

飞朗哥说，这种被当地人叫作涎子的纸垂，是区隔神灵地界的标记，标示出神轿通过的神圣之路……让一个杀人犯做纸垂，难道不会受到惩罚吗……如果是这样的话，大家的努力就都白费了。

"怎么了雏步？"

老板娘不知何时坐到了雏步身边。她关切地看着雏步的脸色，伸手摸了摸雏步的额头。一股温暖丝丝缕缕地传了过来。

"没有发烧，但是看起来有些疲劳，上楼去休息吧。"

雏步刚好对制作纸垂抱有罪恶感，她就势站起身来。玛利亚马上陪着她，将她带到了小卷的房间。花凛已经把被褥都铺好了，正在将睡衣裤整整齐齐地摆放在被子上。

二十七

尽管知道这是鹭屋的平常,但是人们的关心和体贴依然让她感到痛苦。本来没有资格接受的东西,却受之太多,反而让她难过。

过了一会儿,老板娘也进了房间,为雏步测了体温,确认体温正常之后,问她要不要泡个澡。

"你大概出了些汗,洗个澡清爽一下再休息会比较好。现在可以去洗,大家也都回去了。"

看见大家会让雏步心里痛苦,听说大家都回去了,她松了一口气,也萌生了想好好洗一洗身体和头发的念头。她跟着老板娘下了楼梯,经过空无一人的大开间前,被带到了位于一楼尽头的浴室里。

"这里的水是直接从温泉的泉源引过来的。你慢慢泡。"

浴室的大小大概够五六个人同时洗浴，雏步慢慢地浸到温泉水中。好舒服……可是，心里的重担却让她很难真正地感到享受。将整个身体暖透之后，在恍恍惚惚的状态下，雏步从温泉池中站起身来。回到更衣室，睡衣旁边放着一套新的内衣和袜子，还有开衫。

老板娘他们大概在忙着准备晚饭，从厨房那里传来嘈杂的人声和响动，雏步出了浴室，走廊里不见一个人影，她逃也似的回到了小卷的房间，脱下袜子和开衫，钻进了被窝里。

也许是泡过温泉的暖身作用，雏步很快就睡着了。迷迷糊糊将醒未醒的时候，她隐约看到老板娘坐在身边，似乎在给自己测体温，好像还听到了飞朗的声音。她听到飞朗说，是不是因为带她出去散步才会这样，语气里充满了抱歉。不是不是，雏步想否认，却实在睁不开眼睛。

被尿憋醒的时候，雏步趁着房间里没人，赶紧去了趟卫生间。枕边放着一个小小的水壶和水杯，口渴的问题解决了,但是腹中的饥饿只能忍耐。忍耐的过程中,雏步再也无法入睡,于是她掀起盖在身上的被子,只见房间里只亮着一盏小台灯,小卷姐姐在旁边安静地睡着。她枕边的时钟显示,现在已经过了夜里十二点。

雏步穿上袜子,披上开衫出了房间。因为已经有了一次经验,所以她轻车熟路地下了楼梯,打开大开间的落地窗锁,双脚踩在了摆在外面的凉鞋上。空气有些凉,但是因为身体里已经暖透了,所以并不觉得冷。雏步沿着点亮了鹭鸶夜灯的小径走着,穿过竹篱笆,来到了半月形的帐篷前。她绕到入口处:"晚上好……"雏步朝着窗帘似的帐篷门里打着招呼。

少顷,只听得里面传来一个粗哑低沉,却又非常温和的声音:"请进。"

雏步闻声便钻入门内,站到了脱鞋处。只见中央圆桌的那头,坐着一个白胡子老爷爷。因为已经知道了他的名字,所以雏步想今后就以"鸡太郎爷爷"来称呼他。鸡太郎爷爷身穿一袭名为作务衣的和尚服——这种衣服雏步以前见自己的爷爷也穿过——外披一件比法披略厚实一些的半缠外褂。

"请进来。不要客气。"

鸡太郎爷爷的笑容在胡子的后面展开。

"打扰您了。"

雏步脱掉凉鞋,迈上地台。桌子上依然放着盛有烤馒头的托盘和两只壶,雏步的眼神黏在了写有"饴汤"字样的壶上,难以剥离。

"过来坐。"鸡太郎爷爷像是看穿了雏步的心思,"不要客气,尽管吃。"

"谢谢"两个字被涌上来的口水淹没,雏步用手捂住嘴,以防口水从唇边滴落,啪嗒啪嗒地砸到地上。她低着头在桌前坐下,伸手就抓了一个烤馒头,塞到了嘴里。

好好吃……雏步眼前立刻大放光明。第一个刚吃到一半,手就伸向了下一个,嘴里塞满了之后,她又给自己倒了一杯饴汤,忙不迭地送入口中。甜稠的热饮轻拢舌尖,缓缓地滑向喉咙深处。

又吃了一个烤馒头,喝干了饴汤之后,雏步才缓过神来，长出了一口气。她抬起头来，目光与坐在对面的鸡太郎爷爷撞到了一起。

雏步这才感觉到羞愧，她俯下身重新调整好坐姿，规规矩矩地深深低头行礼："……我吃好了，谢谢款待。"

"踏实一些了？"鸡太郎爷爷问。

啊，是。雏步点点头。

"都是动物嘛。人哪，总是会忘记这一点。"

鸡太郎爷爷像是自言自语般说道。

啥？这是在说啥……雏步盯着爷爷。

"人类因为大脑发达，知识和想象力变得丰富起来，然后就开始思考各种各样的问题，因此，会莫名其妙地感到不安，开始逼迫自己，也逼迫他人。可是，人首先是动物啊……不吃好，睡好，是坚持不下去的。先要让人能够吃得满意，有个温暖的窝睡觉，才会踏实下来。所以啊……在人感觉痛苦的时候，首先就是让他吃好，让他暖和起来才行。这就是守护人类的动物性。"

记得飞朗哥说过，鸡太郎爷爷曾经是自然和动物的摄影师。眼前的老爷爷，目光稳重从容，但也会让人感觉到，他目睹过很多苦难，体会过深切的哀伤。雏步如果将自己的所作所为全部坦白的话，鸡太郎爷爷一定会默默地倾听。不会责备，不会吃惊，也不会说教。

我……雏步张口想说话。

但是，却找不到合适的语言。不知该从哪里，怎样说起，她混乱起来。

"如果困了，这里有毛毯哦。喜欢躺在哪里就随意躺下好了。"

鸡太郎爷爷说道。

因为一直睡着，所以不困……雏步用摇头表达自己的意思。

"哦。你是穿过庭园过来的？"

雏步点了点头。

"有没有听到，头顶上有人说话？"

什么？头顶上，是指天空和宇宙？有没有听到从那里传来的说话声……这样的问题，嗯，该怎么回答才好啊……雏步有些不解地歪了歪脑袋。

鸡太郎爷爷站起身来,经过雏步的身边,走到帐篷门那里。他稍微向外面探出身去,像是在凝神倾听着什么。

啊?鸡太郎爷爷能接收到意大利安①的信息?哦,不对,外星人应该叫什么来着?榴莲安?不对不对,是豆沙馅安,豆粒馅安,特雷比安……啊,对了,是维吉塔里安②。

过了一会儿,鸡太郎回到了原来的位子,从桌子下面取出两个塑料杯子,倒了两杯馄饨汤。接着他又从桌子下面取出塑料盖子,就像外卖的咖啡那样,盖好盖子,放入一个有杯托的纸袋子里。

"你要是不困的话,那就拜托你一件事。"

鸡太郎笑眯眯地看着雏步。"请把这个送到望星台那里。现在外面有些冷起来了。"

难道,望星台那里有从宇宙尽头来访的维吉塔里安?

雏步觉得,鸡太郎爷爷大概是在逗她玩,但是

---

① "意大利安"是雏步对"alien"的误读。
② 指 vegetarian,素食者。

吃了人家那么多烤馒头,还喝了饴汤,又不好拒绝,于是她接过纸袋,穿上凉鞋出了帐篷。

刚才来的时候,雏步一点都没有注意到,今天的月色那么美。月光明亮皎洁,看不到太多的星星,但最亮的那颗星正在发出耀目的光芒。

穿过竹篱笆,雏步停下了脚步。头顶上确实传来说话声。

她仔细倾听,似乎是啜泣声和安慰般的絮语声……她抬头望去,望星台刚好就在那里。

二十八

雏步从庭园进了大开间。穿过大堂,正要迈上楼梯,突然听到有人喊她:"雏步。"

她吓了一跳,回头看去。

走廊深处现出老板娘的身影。她身穿睡袍,外面披了一件薄衫。

"啊,这个……让我送去……"

雏步略微晃了提手上的纸袋说道。

"望星台?"

咦?老板娘怎么会知道……雏步点了点头。

"那好。送过去吧。你的身体没问题?"

"嗯,没事。"

雏步答道,在老板娘目光的护送下,她上了楼梯。

是谁在那里呢？在干什么呢？鸡太郎爷爷和老板娘好像都知道，到底是怎么回事？……雏步觉得好奇怪，她穿过二楼的走廊，轻轻地拉开了通往望星台的木拉门。

跟下面相比，这里有风。在月光和走廊灯光的映照下，铺着木地板的望星台空空阔阔，可以看到前方有两个坐着的背影。雏步关上身后的门，咔啦啦地弄出了声响。两个人影像是吓了一跳，回头看向这边。借着走廊泄出的灯光，可以看出对方是一男一女两个成年人。雏步感觉似乎在哪里见过他们。对了，虽然没穿一身白，而是穿着家居服，外面披着件外褂，但雏步可以确定，他们正是明典用人力车拉回来的那两位巡礼者。

"晚上好……"

雏步先是躬身行了一个礼。她将木门关好，走上了五级木楼梯，小心翼翼地向那两个人走了过去。雏步的脸在月光下也变得容易辨认起来。

"……呀，是你。"

女人说道。她的声音嘶哑。刚才在哭的也许就是她。

"嗯,我……给你们带了这个来。"

雏步将手中的纸袋举高了一些。在对方略带怀疑的目光下,放下纸袋,端出了杯子。

"饴汤。热的。甜的。好喝的。"

呃,这话说的,没头没尾,像是剪成一截一截的广告片……雏步尴尬起来,索性豁了出去,心想送完了马上返回,便勇敢地将杯子递了出去。

"那个,就是说,动物,要是能吃好,暖暖和和地睡好,才行……人也许,也是一样的……所以,这个,请用吧。"

什么乱七八糟的,好像在说对方是动物,雏步意识到这样讲很没礼貌,但是说出去的话又没办法收回来。男人伸手接过了两个杯子。

"晚安……"

雏步转身想离开。

"请等一下,好吗?"男人叫住了她,"你,是这里的人吗?"

雏步愣了一下。虽然不是鹭屋的人,但也不算是全无关系……似乎很难解释深更半夜来送馄饨汤的理由。

"一定要马上回去吗?……可以跟你说一会儿话吗?"

男人从人力车上下来的时候,也许是因为疲劳,看上去有些生气的样子,但现在这样似乎是他的本来面貌,感觉就是一位本本分分的上班族爸爸。

雏步没有必要马上回去,不困,肚子也填得饱饱的,她模棱两可地点了点头,在地板上坐了下来。两个人面向雏步坐了过来。

"这里真不错啊。自然景观那么多,还有温泉,人又都那么亲切……你现在,小学六年级?"

啊?为什么又把我当成小孩子……唉,要是穿上小卷姐姐的连衣裙就好了。雏步心中后悔,为了让自己看起来更成熟一些,她徒劳地将垂在额头上的头发向后拢去。

"……初三,十五岁。"

"啊,是吗……哎呀,真对不起……"

男人有些惊讶地睁大了双目,一直默默地看着雏步的女人也眨起了眼睛，将蜷缩着的身体略微抬起了一些。

"就是说，还有四个月就要考高中了呢。所以这么晚还没睡？"

这下子轮到雏步吃惊了。考高中？她连想都没想过，初中毕业之后上高中……一般的孩子大概都是这样，但是，自己并不是一般的孩子，也没想过要读高中。照现在的情况，恐怕连初中都毕不了业。

"可是，也不要太辛苦了……搞坏了身体，家人一定会很伤心的。"

男人话音刚落，女人就突然将手捂在嘴上，喘息着，尽力压抑住自己的哭声。怎么回事？雏步突然觉得，自己应该诚实地回答对方。

"我，不上高中……上不了高中……连初中……也不能毕业。"

两个人呆住了。

"遇到什么事了吗？为什么不能上学呢……"

男人关切地问道。

再多的话，想答也答不出来……雏步摇了摇头。

"请问，你能告诉我们吗？"女人突然伸过脸来问道，她的声音和肩膀都在颤抖，"我不懂……怎么想都想不明白……所以，想请你告诉我们。"

"算了，不要勉强……"

男人好像要制止女人继续问下去，女人抬头看了看男人的脸："怎么想都想不明白，不是吗？所以我们一路走过来，却还是搞不懂，没有得到任何启示。可是……在这里，我们遇到了这个孩子。白天见到她的时候，我就觉得一模一样，吓了一跳。仔细看虽然知道不一样，但我还是觉得像。那孩子，现在就出现在我们面前了……这也许就是弘法大师的指引，是白鹭神的安排。"

男人目光低垂，女人又向雏步转过脸来：

"你也是十五岁。我想，你也许能明白……所以，一点点也好，什么都可以，请你告诉我们。"

对方的神情中带着执拗，受到某种气氛的感染，雏步没有离开。

"我们十五岁的女儿……自杀了。和她的朋友一起。"

雏步吞下了口中的唾液。

"只有朋友留了一封遗书……那个孩子过得很苦。她的父母很早以前就离婚了,继父对她做的事情……令人发指。她一直隐忍,但是考虑到妹妹也将成为受害者,就鼓起勇气,将事情告诉了自己的母亲,请母亲陪她一起去报警。可是,她的母亲却指责她撒谎……这些事情,她都在遗书上写了,是警察告诉我们的。她不懂,自己遇到了这么可怕的事情,周围的人为什么不能帮她。但是,对不起,我这样讲可能有些过分……就是,那个孩子确实很可怜,她选择死亡,也是有理由的……而我的女儿,究竟是为了什么呢?我不明白。"

女人深深地悲叹。男人伏下脸去不停地摇着头。

雏步心情也出现了剧烈的波动,但她静静地等着对方继续。

"我们生下这个孩子很不容易,曾经接受了很长时间的不孕治疗,最后终于生了个女儿。我们真的是开心又幸福,从心里爱着她,一心一意地呵护她长大。我的父母,我丈夫的父母,也就是这孩子的爷爷奶奶,外公外婆,全都打心底里爱着她。所有人都知道这一点。虽然她学习、体育都不见得有多出色,但是,她的心地非常善良,待人亲切,有很多朋友。可是,她为什么要选择死亡呢……她为了什么而悲伤?她究竟抱有多少人所不知的痛苦呢?不管是谁,都觉得难以置信,一直到现在,我们都不明白……"

"实际上,警察连我们都怀疑。"男人用疲惫无力的声音接着说了下去,"我们的女儿决心赴死,是不是有什么家庭内部的原因,我们不止一次地受到类似的质询。我们那么爱她,尽心尽力去培育她。有关这一点,不管是谁,都可以为我们作证。警察最后承认了自己的误判,但是他们说,这种情况是经常会有的……这时,他们才告诉我们,女儿的朋友留下的那封遗书的内容。而对于我们的孩子为什么要自杀,警察也觉得非常奇怪。我们问了很多人,希望有人能知道,女儿究竟有过什么我们不了解的苦恼,为什么会把自己逼上绝路……但是,却没有得到任何答案。反而，女儿还曾经对朋友说过，自己跟父母的关系特别好。她还把全家人一起旅行，吃饭游玩时拍的照片拿给别人看。以前，女儿经常会在街头为募捐活动捐款，好几个朋友都看到过。她说，做这些是因为自己比较幸运。所以，我们不懂她死去的理由。"

"但是，一定有什么。有什么我们做得失败的事情，把她逼上了这条路……也许我们爱她的方式，不是真正的爱。是我们爱得不够……爱得扭曲……总之，也许真正的爱，她并没有感受到。'

听到两个人涕泪交流的倾诉，雏步感觉心中崩裂般剧痛。在疼痛中她意识恍惚起来……突然，一种尖锐的刺痛贯穿全身，她险些朝后倒下。

啊，似乎有个声音，有人握住了她的手。她的身体被轻轻地放倒在地上。夜空中，最亮的那颗星星依然在闪耀。她隐约听到一个声音：你还好吗？怎么了？

鹭屋那些人的声音在脑中回旋。你还好吗？好担心啊……

人们的笑脸，关切的神情，与星光重合在一起。

不要那么温柔。不要对我这种人那么好。因为我没有办法报答你们……还有比我更痛苦的人，不要对我这么好。我没有资格得到这些，这样反而让我更痛苦。

正在向着星星倾诉的时候，突然从天空的另一方传来话语声，像是对自己的回应。

对不起……对不起……我得到了太多的爱……我幸运得过了头……还有更痛苦的人……我没有什么能报答的，这样反而让我更痛苦。

像沉入水中一样，视野变得湿润起来。星星变了形。在湿润的视野中，出现了男人和女人的脸，正在看着自己，拼命地呼唤着自己。

啊，在为我担心……我是不是掉到水里了，所以看到的世界是湿漉漉的。

他们俩……大概是在让我从水底上来……在呼唤我回去。可是……我已经回不去了……因为……因为……我已经死了……不可能再回到二位的身边了……

"对不起。"她躺在水底向两个人说道,"对不起……我回不去了,对不起……我没有想到会这样……这些词汇我都知道……死亡,消失,人生的终结。我知道……但是,我从来没有想过,会让你们这么伤心,会让你们如此难过。因为,你们那么爱我,珍惜我。在你们的脸上,我从来都没看到过悲伤和痛苦。你们总是会将笑容留给我。我从来都没有考虑过,失去最重要的人是一种什么样的伤痛……真的对不起。让你们难过,对不起。让你们痛苦,我好抱歉。我感受到了,感受到了你们的爱……爷爷奶奶,外公外婆的爱,我也全都感受得到。我一直都很幸福……可是,她却不是。她真的好可怜。她的继父对她做出那么可怕的事情,她以为只要自己忍过去就好,就一直忍着……如今,她看到妹妹的处境也很危险,就下决心告诉母亲……可是,却被指责撒谎……她,死之前把遗书给我看了。我是她的好朋友,她想让我知道她自杀的理由。我以前什么都不知道,不知道她每天受这么多的苦……因为,我是那么幸福,我被宠爱,被关怀,什么都不懂。我想，起码得为她做点什么。我想把自己得到的东西分一点给她。我看到泪水从她呆滞的眼中流出，看到她背过身去，哭着说再见，我无法让她孤身一人离去。她受了那么多的苦，最后眼睁睁地看着她孤独地撒手而去，我实在做不到……不管什么时候，你们，还有其他人都接纳我，包容我，爱我，所以我想告诉她，她不是一个人。不要一个人走，我只是想握住她的手……也许还有其他的方法。但是，那个时候我只是觉得，如果去阻止，就等于把她往火坑里推。在她听来，那就像是劝她去忍受再一次的伤害……对不起，已经无法挽回了。我背叛了你们的爱，真的好抱歉。但是，我想告诉你们……我只想告诉你们，我很幸运能够成为你们的孩子。身为你们的孩子，真的是太幸福了。我已经得到了整整一辈子的爱。所以，不要再难过了，不要伤心。你们的爱，我收到了。真正的爱，我感受到了……谢谢你们……谢谢。"

突然，雏步被紧紧地抱在怀里。

她感觉有手臂从自己的脖颈和后背绕过，将自己拉起,又紧紧地被拥在对方怀中。

女人伏在隹步的胸口号啕大哭。

男人紧紧揞住雏步的手,也放声哭了出来。

二十九

不知什么时候,老板娘出现在身边。

她轻声地对哭泣的男女说着什么,引领他们从望星台回到室内。

"雏步也来吧。"

老板娘拉着雏步的手进入室内。

"快回房间吧,晚安。"

老板娘对雏步说完,追上走在前面的男女,把他们二位引向楼梯边上的房间。她一直照看着,目送两个人互相搀扶着,吃力地进了房间。

"晚安。"

老板娘关好房门,转过身来。

她慢步走到雏步面前,停下脚步,微笑着。

"你辛苦了。快点去休息吧。"

雏步的心中突然生出一股勇气,一股要面对现实的勇气。要将真实情况告知对方的想法正在破土而出。

"老板娘。"雏步直直地盯着老板娘的眼睛,"我有话要说。"

在哪里好呢,她回头朝小卷的房间看去,只见房门半掩,小卷似乎已经醒了,看得到她的身影。

"啊,那我回避吧……我去阿朗的房间。"

小卷走出房门,准备到对面飞朗的房间去。

"小卷姐姐也请留下。"

这时,飞朗房间的房门似乎开了,雏步看过去,只见飞朗穿着睡衣露出脸来,看来也被吵醒了。雏步以连自己都难以置信的冷静口吻说道:"飞朗哥,如果可以的话,请你也一起听。"说完,自己先径直走进了小卷的房间。

雏步把自己的被子叠了起来,背对着窗户端端正正地坐好。接着进来的小卷也叠好了自己的被子。老板娘随后跟进来,在雏步的对面坐下;小卷坐在她的右手斜后方;飞朗进来,坐在了老板娘的左后方。

老板娘沉静地点了点头,示意她已经准备好了。

雏步看着老板娘,又挨个儿看向小卷、飞朗,目光再回到老板娘身上。她做了一个深呼吸,用平静的声音开始了述说:

"我姓鸠村,名字叫鸠村雏步。我,杀了人。"

雏步感觉,这句话说出口的一瞬间,一直堵在胸口和喉头之间的那道坚固的门,像是被从心底涌出的温暖水流一下子冲开了。忍之即苦,抵之即痛的那道门突然洞开,她以为会让自己更加焦灼和恐惧,没想到却像是松了一口气,只有一种不可思议的轻快之感。

接着,话像潮水一般涌出。她追赶着时间,不停地说着,甚至无暇考虑前后的顺序,只想将心里浮现出的画面、当时的心情,毫无隐瞒,不加修饰地统统讲出来。

雏步的家乡,在秋季庙会的前一天突然遭到暴雨的侵袭。那是史上观测到的最大雨量,暴雨无情地倾泻,横贯市区的河川出现了即将泛滥的迹象。

因为地处山区，同样也有发生山体滑坡的危险。

雏步家有四口人，父母加上年龄相差五岁的兄妹俩。爷爷奶奶也住在同一座小城，房子位于山脚下。外公外婆在雏步出生之前就已经过世了。雏步家的房子距河很近，一家四口先行赶到了小学校的体育馆避难，却一直联系不上爷爷奶奶。因为当时河流尚未达到警戒水位，雏步的爸爸妈妈就打算驾车赶往爷爷奶奶家，去把他们接过来。

同时，他们也很担心位于山腰的神社。神社中还存放着刚刚制作完工的新神轿。爸爸还曾经答应，到时候会让雏步乘上神轿。爸爸负责庙会的筹备工作，他说，最起码要把神轿用绳子固定在神社的柱子上。

雏步和哥哥央求爸爸妈妈不要冒险，早些回来。同在避难所的街坊邻居也都劝告他们，最好是交给警察和消防员去做。但是，市警察署和消防署全都位于河川的下游一带，救助人员还没有赶到。附近发生火灾或其他灾害的时候，最快赶到的是町区的消防团，而父亲就是该消防团的副团长。爸爸妈妈答应雏步,如果感觉危险就会马上撤离。

过了一会儿,哥哥的手机响了,是爸爸打来的。他语气沉痛,说爷爷奶奶家的房子被泥石流掩埋,已经找不到踪迹了。他们一边呼喊一边在附近搜寻,没有任何回应。因为担心再次发生滑坡,他们准备先撤回。爸爸让哥哥转告避难所的政府工作人员,请求支援,电话这时候就断了。

之后爸爸妈妈大概又绕到了神社。在返回的途中,妈妈打来电话,说他们都安全,不必担心。妈妈还让哥哥把电话拿给雏步,雏步接过电话,只听得妈妈在那头说:"雏步,你还好吗?我们马上就会回去,别担心,等在那里就好。雨水冰冰凉,妈妈冷得要命,等会儿回去了,雏步赶紧给妈妈暖暖吧。"

妈妈说着,还轻轻地笑了一下。

"嗯,我来给妈妈焐暖,妈妈快回来。"雏步答道。

可是,爸爸妈妈的车却一直没有回来。

整整下了一天的雨终于停了。在大人们的坚决制止下,雏步和哥哥被留在避难所。警察、消防队、自卫队全部出动，开始了救助和搜索工作。雏步家的房子已经被泛滥的河水冲走，不复存在了。对于房子，雏步当时已经没有什么感觉。她心里更挂念的是爸爸妈妈。

神社也因为山体滑坡，一直被冲到了河岸地带。新制的神轿也不见了。

两天后，在被泥石流掩埋摧毁的房子里，人们发现了爷爷奶奶的尸体。

一个星期之后，大家在河流下游的殡仪馆火化了爷爷奶奶的遗体。墓地幸免于难，二老的遗骨得以跟氏族的祖先埋葬在一起。

参加葬礼的姑姑和舅舅准备收留两个孩子。但是他们告诉兄妹两个，因为家中的房子不够大，所以只能一家收留一人。雏步和哥哥不想分开，爸爸妈妈也还没有回来，所以他们决定继续留在避难所等待父母，拒绝了亲戚的提议。

遭灾两周之后，人们在洪水尽退的河川中发现了神轿，并将之拖到了消防团的门前。雏步和哥哥一起过去看，发现神轿已经破损不堪，所有的装饰都不见了，只能从大体的形状上分辨出昔日的模样。

雏步伸手去摸那个叫作"装饰绳"的、牢牢地缠在神轿上的大红色的绳索。想起那天妈妈对她说，雏步，一定要紧紧抓住哦……我知道，我会紧紧抓住这里的绳子。回想当时的情景，她的心里一阵绞痛。

一个月过去了，只剩下雏步兄妹二人还生活在用于避难的体育馆里。

学校方面和政府的人通知他们说，学校即将恢复正常授课，体育馆也要再度开放用于课业，请他们搬到其他地方去住。

政府的人事先也跟他们的亲戚取得了联系。姑姑大概因为之前了解到兄妹二人因为不愿意分开，所以才拒绝投靠，所以答应将兄妹二人一起接过去住。

但是，雏步依然想留在家乡，等待爸爸妈妈回来。可是哥哥决定搬到姑姑家，说是为了自己和雏步的将来。家已经没有了，爷爷奶奶也不在了。在家乡虽然有很多熟悉的面孔，认识的乡亲，但是因为这次灾害，大家全都遭受到不小的打击，自顾不暇，包括神社的宫司在内，很多人都搬走了。

雏步苦苦哀求哥哥再等等。哥哥去跟大人们商量，决定再多等三天。

第三天，人们在河流的入海口附近，发现了爸爸妈妈的车。

可是，车里空无一人。

三十

雏步讲得口干舌燥，干咳起来。

小卷从雏步枕边的小水壶中倒出一杯水递给她。

雏步默默地喝着。喝掉半杯之后，她呼出一口气。她双手捧着杯子，精神又重新集中到头脑中浮现出来的画面上。

雏步搬到了姑姑家。为他们兄妹二人准备的房间，跟以前家里的相比小了很多，但是姑姑家还有两个正准备升学的孩子，在这么关键的时期，还能腾出一个房间已属不易，兄妹二人更不能有什么抱怨。

姑父是一位自卫队军官。在与哥哥探讨将来的出路问题时，他力劝哥哥加入自卫队，成为一名军人。对于被迫放弃上大学,不得不考虑就业的哥哥来说,这是一个非常现实的选择。在家乡受灾的时候,哥哥曾目睹自卫队员搜救乡亲的情景 自卫队帮助兄妹俩找到了掩埋在泥石之下的爷爷奶奶,哥哥也一直心存感激,所以,他最终接受了姑父的建议。

雏步却完全无法融入这个新的生活环境,新的学校也让她难以适应。因为失去了太过重要的东西,要适应新的环境,还需要更多的时间。可是,姑姑的家人,新学校的老师和同班同学却没有给她这样的时间,面对沉浸在悲伤之中,很难敞开心扉的雏步,他们严厉、恼怒,时而斥责,有时干脆无视,等同于放弃。

对于雏步来说,被无视反而会让她好过一点。被当作一个透明人,总比遭到干涉要轻松,有哥哥在身边,她还可以忍耐。

渐渐地,雏步失去了对时间的感觉,也失去了对周围的兴趣,她不记得他们已经在姑姑家住了多久。对于学校的活动,平日里发生的事情,她也几乎没有记忆。她不记得自己学习过什么。只是等她反应过来的时候,也迎来了哥哥即将入伍的那一天。

在哥哥要住进自卫队的宿舍时,雏步被告知,她得从姑姑家搬到四国松山的舅父家中。这种安排似乎是亲戚之间一开始就已经商定好的。雏步曾经听姑父对哥哥说过,他们家照顾了两个孩子很久,现在松山的舅父家只需要收留一个人就可以,应该会好好照护的。

与哥哥分别那天,哥哥答应她,等他成为一名独立的自卫队军官之后,一定会来接她。哥哥抚摸着雏步的头对她说,要忍耐,坚持到那一天。已经很久都不会哭泣的雏步,突然被一种不安包围,眼泪止不住地往外流。

"雏步,你本来就是个活泼开朗,惹人喜爱的孩子,如果能找回真正的自己,在新家也一定会得到善待的。还记得吗?以前,遇到被欺凌的孩子,你不是单纯地去鼓励,而总是会陪在对方的身边。还有一次,朋友家里的狗狗死了,你也是一样,陪着朋友一起哭得稀里哗啦。你天生就懂得去感受别人的悲伤,懂得分担,你所拥有的善良和体贴深不见底，你的共情能力也一直让哥哥自愧不如。所以，也许需要时间，但是，要慢慢地找回从前的自己，等着哥哥来接你。"

雏步哭得非常无助："妈妈让我等她，说马上就回来，可是我等到现在都……我一直在等，一直都在等，不也没等回来妈妈吗？哥哥，你别走。"

"要坚持，雏步……哥哥向你保证，而且，忍耐对于构筑我们新的未来也是必要的。不要怕，哥哥一定会回来接你。"

就这样，哥哥走了，雏步被送到了松山的舅父家。

三十一

说起来,雏步如今才懂得,舅父家的人也不能说是冷酷。只是各种时机不凑巧罢了。

舅父一家原本生活在关东,因为家住松山的舅妈父母身体不好,希望他们能搬到身边来住。那时也正值舅父工作的公司经营不善,于是一家人移居到松山,舅父找了个新的工作。两个孩子马上就适应了新环境。长期以来,家人生活得还算安稳。然而就在雏步即将搬过去之前,情况却发生了变化。舅父的内脏出了问题,病情较重,开始不停地进出医院,甚至频繁地住院,时间或长或短,而舅妈的父亲也开始出现了老年痴呆的症状。

因此,舅父家曾一度想拒绝收留雏步。但是因为事先已经约定好，姑姑家也开始准备翻盖新房，所以他们只能硬着头皮将雏步接来。这些事，都是雏步搬进舅父家那天，舅妈告诉她的。

舅父因病辞去工作，舅妈只能代替他出去上班，家务就全都由舅妈的母亲来承担。可是舅妈的父亲却少不了人看护，一不留神他就会跑出去，迷路找不到家，有时候还会将田里的作物连泥带土，一起往嘴里塞。于是，舅父家要求雏步主动分担家务劳动。

舅父家有两个男孩子，大的比雏步大三岁，小的跟雏步同岁。现在想来，这两个孩子原本也没有什么恶意。但是雏步总是郁郁寡欢，一副不想与他人有任何瓜葛的样子，他们自然而然地就选择了无视或者激烈碰撞。跟转校之后新学校的老师和同学是同样的态度。就算有人想接纳她，她也只是一味地逃避，把自己封锁在孤独当中，甚至连见面问候都说不成句。性格别扭，学习进度又惊人地落后……

"啊？你连九九表的计算都不会？"

以前是会的，但是渐渐感觉学会也没什么意义，就忘得一干二净。

"不会吧？你连二十六个英文字母都不会写？"

嗯，一个都写不出来。

"小学生水平的汉字、成语也一概不知？"

倒也不是一概不知，但是从某个时期开始，脑子里就变得一片空白了。历史记得稀里糊涂，地理更是不甚了了。

对于这样的孩子，周围尽管并非故意欺凌，但是无视或者嘲笑等近似于欺凌的行为自然会发生。雏步不去上课而是待在图书室里的情况越来越多了。

在家里，除了要做家务，亲戚也开始要求她看护病情越来越严重的舅妈的父亲。老人不觉得自己有病，不肯去医院，把登门看诊的医生和专业护工都赶跑了。而且，无论白天还是晚上，他经常大小便失禁，所以必须整天给他穿上纸尿裤才行。但是他自己又不肯换纸尿裤，只好由雏步来换。雏步觉得，这是她能够寄住在舅父家的条件，便默默地接受下来。

雏步也想到过死。但是，她还是相信爸爸妈妈总有一天会回来。

他们高中时都是游泳部的成员。即使被河水卷走,被带到大海,也一定会游到岸上。海洋里有好几条洋流,他们也许会被带到很远的地方,在很少有船只和飞机经过的无人岛上了岸……或者被语言不通的外国舰只救起,带到了远方……也有可能被漂流木撞到头,失去了记忆,现在已经在某处生活着,不能立刻回到雏步他们的身边……雏步坚信,一定是其中的某一种状况。

在无人岛发出求救信号被发现;找到了从陌生的海外回国的方法……或者,记忆完全恢复了的话……他们一定会回到雏步身边。

而且,她跟哥哥有约定,必须在舅父家一直住到哥哥来接她。

心里实在太难过的时候,晚上她会出去看看星星,想想家人。她怀抱着总有一天会全家团圆的梦想,坚持着挨过每一个难挨的日子。

可是……舅妈的父亲的状态一天天恶化。或许是认知障碍发展得太快,嘴上开始说一些不三不四的下流话。不知是把雏步误认作了其他人还是怎样,他开始对雏步动手动脚。

无论雏步怎样告诫他,都无济于事。于是雏步去向舅妈和舅妈的母亲投诉,虽然她们会去对老人略加警告,但也没什么效果。到后来,她们反过来会劝雏步说,老年人的一些糊涂行为,不必放在心上。归根结底,不过是在逼迫雏步去忍耐。

太多的事情日积月累,雏步的心中已经千疮百孔。

那天,雏步怎么也起不来床,就没去上学。舅妈的母亲去附近的诊所开药,家里只剩下雏步和老人。

她躺在自己那个勉强可以称为房间的窄小的杂物间里,身上只穿着汗衫短裤,听到老人在喊人。雏步没办法,起来到起居室去,只见老人尿湿了裤子,呆呆地站在那里。雏步以一种近乎绝望的心态,上前去帮老人将裤子的皮带解下来,准备帮他换上纸尿裤。突然,老人像是被触到了脑子里的某个开关,嘴里又开始不三不四起来,伸手在雏步身上摸来摸去。不只是摸,还把自己的下体凑了过来,雏步吓坏了,猛地一把推开他。

老人身体向后倒了下去,后脑勺撞在了靠墙的柜子上。只听得嘭的一声巨响,等雏步意识到自己干了什么的时候,却见老人靠坐在柜子前面,身体已经瘫软。

雏步喊他。没有回应。她轻轻地摇他,也没有反应。她看到柜子上沾着血迹,发现老人的后脑勺在流血。

我杀了人……雏步吓得颤抖起来。

也许应该叫救护车,可是身体已经不动了。她伸手去探老人的鼻息。没有任何感觉。没有呼吸。真的死了。会坐牢,不,一定是死刑,自己是杀人凶手,一定会被判死刑的。

突然,某种情绪在她的体内歇斯底里地爆发了。

为什么会这样,我究竟犯了什么错?爸爸妈妈究竟犯了什么罪?本来生活得好好的,第二天就是庙会了啊!本来说好了可以乘上神轿的啊,本来只是很开心地盼着这一天的啊。为什么,为什么却变成了这个样子……

从那天开始一直忍耐，堆积在内心深处的呐喊，从心底呼地涌了上来。等她有了意识，发现自己已经赤脚跑出了家门。要怎么办，该怎么办，她没有任何具体的想法。她只是执拗地相信，自己如果被抓住了，一定会被判死刑。她对老人感到抱歉。但是，她完全没有料到会出这样的事。她也害怕会拖累到哥哥。哥哥一定会因此被开除的。她能想到的只有逃跑。

脚受了伤，路越来越难走，又下起雨来。她摔倒在泥水里，雨水溅到眼睛中。她渐渐已经没有力气站起来，她想，就这么死掉也好。

不知从何处传来爸爸妈妈的呼唤：阿雏，雏步。不行，如果就这么死掉的话，就再也见不到爸爸妈妈了，他们总有一天会回来的。想到这个，雏步就站起来，又开始拖动双腿。

周围渐渐被大雾笼罩，雏步精疲力尽，一步都迈不开了。

就在那时……从浓雾的那头，出现了一只巨大的白鸟。

白鸟变成了一个美丽的女人,抱住了雏步。

女人看着雏步,问出了一句话。

那是雏步一直埋在心底的,对自己的提问……她不想被任何人问及,又希望有一天会被人问起的一句话。

何处是归处?

你,可有归处?

三十二

和那时一样,瘫坐在旧遍路道上无法动弹时,雏步被雾中出现的女人——老板娘抱住了。此刻,她感觉到跟那时一样的温暖。

"谢谢你,对我们说了这么多。"

一个温暖的声音在雏步的耳边响起,声音中带着哽咽。

"受了那么多的苦……真的是,真的是太不容易了。"

老板娘的声音在颤抖。老板娘哭了……?

"今后,我们不会再让你一个人承受那么多了。"

老板娘的声音虽然颤抖着,却透出一股坚定。

"不必再独自忍耐。不必独自承受。有我在……有我们在。"

他们会保护我……这个人,这些人一定会保护我……雏步从她的声音中感受到这样的信任。

一直绷得紧紧的神经松弛下来。在环抱着自己的手臂中,雏步感觉自己的身体和心仿佛正在融化。她一直害怕失去自我。但是……融化在这团温暖之中,绝不意味着自己即将消失,而是与对方融为一体。一起欢笑,一起哭泣,互相守护,互相帮助……

带着与对方合而为一的渴望,雏步敞开了自己。

就像一盏灯突然点亮,雏步猛地睁开了眼睛。

不困,也不累,沉郁在头脑中的阴霾也仿佛云开雾散。

周围有微光。雏步看了看身边。小卷姐姐的被褥是折起来的状态,她不在。雏步的枕边放着一只闹钟。时间刚过六点半。

衣服也准备好放在了一旁。白衬衫,牛仔裤,新袜子,还有毛衣开衫。雏步在心中道了声谢,换下了身上的睡衣。白衬衫和牛仔裤十分合身。

雏步拉开窗帘,打开窗户。纤巧的云朵像一群小鸟飘浮在湛蓝的天空中。

雏步叠好被褥,去过洗手间,洗了洗脸。她用手轻轻拍打着脸颊,给自己打气。她做了个深呼吸,走下楼梯,在心中一项一项地整理着接下来应该做的事情,确认好顺序。

下去之后,要先端端正正地跪坐好,向所有人致谢。然后,告别。

不能报答大家的厚意,心中感到十分过意不去,但是,你们的恩情,雏步永生难忘。

然后,要清清楚楚地表明——我现在要到警察局去自修。

为什么叫作自修,她也不是很懂……大概,是指要在警察局认认真真地重新进行人生的修习吧。自修之后,如果可以免于死刑的话,我还想回到鹭屋,所以,到时候希望能收留我,请允许我留在鹭屋工作。当然,如果要是死刑的话,就再也回不来了。但是……如果能够得到大家的同意，知道到时候还可以回来，我就可以怀抱希望去自修了。

嗯，就这么着。雏步心意已决，下楼来到了大堂。哗地一下，嘈杂的人声和刀叉碗碟碰撞的声响相互交叠，像一支充满热力的晨曲，迎接着雏步的到来。

只见大开间中摆着一排排矮桌，一身白衣打扮的巡礼者们挤挤挨挨地坐在一起。什么时候住进了这么多人呢？其中还有十五六个人是普通的装束。每个人的面前都已经摆好了早餐……玛利亚和一些巡礼者正在从厨房往外运送餐食。

"啊，那个……"

雏步刚一开口……我开动了，乒乒乓乓，请用餐吧，劳驾——啪嗒啪嗒，马上就来——咣当，没事吗……只听得人语声、器物碰撞声此起彼伏，喧嚣不已，雏步的音符一下子就被淹没了。

在用餐的人群里，雏步发现了老板娘的身影，她正在认真地听着一位巡礼者说话。雏步刚想过去，突然听见楼梯上面传来问候声："遭、安！"

雏步抬头一看,啊,是昨天在石手寺的后面遇见的那对男女,从那个叫什么法兰克士登来的,他们一身白衣走下楼梯。到底是住过来了,雏步心里有些高兴,立刻回礼道:"早安。"就在这时……

"啊,雏步,你来得正好。"

花凛大概注意到了雏步这边的动静,从大开间来到大堂,手上还拿着一个包裹。

"有一组巡礼者刚刚出去,一共三个人,他们把便当忘在桌子底下了。不好意思,拜托你跑一趟,追上去,把这个交给他们。我这边一时脱不开身。"

哦?哦,可是,我还有话要跟大家说……雏步迟疑了一下,老板娘在一边看在眼里,走了过来。

"花凛,雏步的脚可能还痛着。"

从她的表情里,可以看出她担心的不只是雏步的脚,还有雏步的内心。

"这里交给我就好,花凛,还是麻烦你去送吧。"

"好的。"

"请等一下。"

花凛刚要走下玄关,雏步突然叫住了她,然后转身对老板娘说道:"我去,我能去。"

哪怕一点点也好,哪怕只能帮上一点点忙,也要报答老板娘和大家。

"哎,要不我去送吧?"

飞朗看上去像是刚刚起床,穿着T恤衫和牛仔裤出现在楼梯上。

"请让我去吧。"

雏步向飞朗说道,又将征询的目光转向老板娘。

"……那,就交给雏步去办吧。"

老板娘答应了。

太好了……雏步看着老板娘,又看了看飞朗,脸上笑容绽放。

"那穿上这个。他们看了就知道你是鹭屋的人了。"

老板娘走过来,脱下穿在自己和服外面的法披,用双手撑开,雏步顺势背转过去套在身上。

这时,飞朗已经从鞋柜中拿出了雏步昨天穿过的那双运动鞋。

"三个人是徒步巡礼者的装束。其中一个因为脚受了点伤,今早听他们说,准备乘电车去参观松山城。你知道车站在哪里吗?"

"嗯!知道。"在听着老板娘嘱咐的工夫里,雏步已经穿好了鞋,"那我走了。"

她朝着老板娘和站在老板娘旁边的飞朗、花凛,还有他们身后的法兰克士登人说道,转身就要飞奔出门,身后突然传来"啊"的一声。雏步也反应过来,慌忙回转身来:"对不起。"她伸手接过花凛递过来的便当包裹,满面通红。

"不要慌。别着急。如果他们不在车站,你就回来。过后我再开车去松山城,找到他们送过去就是了。"

雏步对老板娘点点头,重新说道:"那我走了。"

雏步静悄悄地闪出了门外。走出大门,往车站的方向不见人影。她跑了起来,边跑还边留意着不让便当盒歪倒。脚……太好了,不疼了。人力车不在停车场。阿猪先生和明典哥大概已经出门巡视去了。

雏步跑过白鹭神社的参诣道入口,很快就看到了车站的站舍。时间还这么早,却已经可以看到三三两两的游客的身影,但是却没有见到巡礼者打扮的人。

雏步进了车站,橙黄色的有轨电车刚刚从站台发车,站台无人。

"哟,鹭屋的,有什么事吗?"

一位身穿车站工作人员制服的年长男子,站在雏步的旁边。他应该是看到了雏步身上的法披,所以过来询问。

雏步马上问对方,有没有看到三位巡礼者,其中一位脚还有些不方便的样子。

"哦,那几个人啊,刚刚乘上刚才的电车啊。忘了什么东西吗?"

"电车是开到哪里的?下一站离这里远不远?"

"不远,大概两三百米的样子吧。下一站是道后公园前。路上还有信号灯。"

话音未落,雏步就在月台上飞跑起来,她穿过月台上的缺口,下到了轨道上。

"哎呀呀,不可以在车轨上跑啊!"背后传来一个声音。

"对不起！"雏步赶忙爬上旁边的人行道，继续奔跑。

不远的前面可以看到橙黄色的电车车厢。虽然跟雏步隔开了一段距离，但是可以看出正在减速，似乎要到站了。电车很快就停了下来，但是因为那站的站台上没有要上车的人，眼看着电车又要开走。

"等一下，请等一下——"

雏步高声喊道。老板娘说了不必勉强，还说她可以过后开车送过去。可是，那样太麻烦了……自己能够送到才最好，雏步一心想着要为鹭屋尽一点力。

"等一下！请停车！请帮我叫电车停下来——"

一定要在这站送到的决心，让雏步的声音更高了。

路对面的人行道上，斜前方似乎有人在向这里招手。穿着运动服……是小卷姐姐。她的一只手像是拿着手机贴在耳朵上，另一只手在向雏步挥着。雏步也朝小卷挥着手喊道："那辆电车！让它停下来——"

小卷好像领会了她的意思，站在人行道上朝电车挥着手，嘴里还喊着什么。

可是，前方的信号灯是绿的，电车正准备穿过。

神啊……白鹭神啊……白鹭神……那是什么时候来着，雏步曾经梦见一只大鹭鸶浸浴在森林中的温泉里，伸出羽翼，抚摸着自己的头。在听了有关白鹭神社的故事之后，雏步曾经朦朦胧胧地想过，自己梦到的不就是白鹭神吗？请帮帮我吧，白鹭神……

就在这时。从头顶的高空中突然传来一阵声响，像是有风吹在帐篷上，篷布啪啦啪啦拍打的声音。电车的汽笛突然发出一声长鸣，来了个急刹车。

信号灯还是绿的，小卷依然站在对面的人行道上。怎么回事？雏步的视线继续向前移动……只见一群鸽子，落在电车行进方向的前方。大概有五六十只的样子。鸽子们收拢了翅膀，聚集在一起，占据了两根铁轨之间的石板路。

电车又一次拉响汽笛，鸽群不为所动，挡住了电车前进的道路。

这时，信号灯变红了。电车司机从驾驶室下来，作势要驱赶鸽子。但是鸽群只是稍微向前移动了一点，没有飞走。

雏步终于追上了电车。她趁着绿灯穿过斑马线，走到电车旁。司机刚刚下车，前方的车门还开着，雏步探头向车厢内张望，"我是鹭屋的，来送你们的便当。"

三个一身白衣的巡礼者立刻有了反应："哎呀真是的，人家特意为我们准备的便当，怎么就忘了呢……"他们嘴里念叨着，下车来到雏步面前："还拖累你跑着送过来，你们真的是太周到了，非常感谢。"他们对雏步道着谢，诚挚得让雏步都有些不好意思了。

雏步将便当交给对方，巡礼者们又上了电车。落在铁轨之间的石板路上的鸽群突然呼啦啦地一齐飞走了。鸽子们朝着嘉树成荫的左手边的公园方向飞去。司机目送着鸽群离去，一副百思不得其解的样子，挠着头走了回来。

"阿雏。"

不知何时，小卷来到了车站月台，招呼着雏步，雏步也站到了月台上。

司机回到驾驶席,信号变灯,电车启动。车厢里的巡礼者们透过玻璃窗,朝着站在月台上的雏步她们挥着手。

三十三

"赶上了真是太好了。刚才美灯来电话说,阿雏搞不好正在追电车。"

"多亏了鸽子。"

"是啊,吓了我一跳。这附近确实有很多鸽子,但是,我还是第一次见到它们停在轨道上。"

也许是白鹭神的关照……雏步刚想这样告诉小卷,她却递过来一只水壶:"来,喝点水。"

雏步光顾着解渴,将刚才的话也随着壶里的水一起咽了下去。

"你来得正好,我想带你去公园里看一样东西。不用急着回去,我已经告诉美灯,说阿雏追上客人了。"

小卷领着雏步穿过信号灯路口,向着外观整修得很漂亮的公园方向走去。

入口处的招牌上写着"道后公园 国家历史遗迹 汤筑城遗址"。进去之后,雏步发现公园里面没有秋千或者滑梯之类的游戏设施,有的是适合散步的草坪广场,一直铺展到很远,一些木造小屋和带屋顶的像是休憩室的小建筑点缀其间。左手边有一条小小的河渠,隔岸是一座小山丘。

"大概十四到十六世纪后叶吧,据说在这座山上,曾经建有城堡。并非像松山城那样有石垣或者天守阁,而是根据地势建起的一座山上城堡。现在山顶上还有瞭望台,天气好的话,一直可以看到大海。当年,山上有城堡,公园这一带是武家①们居住的区域,建有宅邸。那些木造小屋就是模仿当时的房子建造的……但是在我爸爸小的时候,这里就变成动物园了。"

哦……真没想到。雏步环顾四周,没看出任何

---

① 武家指武士系统的家族、人物,从在古代公家的领地 庄园中负责武备警卫的家族发展而来。

曾经饲养过动物的痕迹。

"小时候,爸爸经常带我到这里来散步。不过,因为他平时也不怎么在鹭屋,所以我说的是每当他从国外回来的时候。那时候的景象跟现在差不多……但是爸爸说,以前这里曾经有大山椒鱼,在河渠对面有老虎,那边的堤坝上有貘……正中央那里还有一个非常巨大的鸟笼,里面放养着很多种类的鸟。再往里面走,还有一些游乐场设施,据说,还有猴子驾驶的玩具电车可以坐。瞧,那个……那就是我想让阿雏看的东西。"

在小卷手指的前方,宽阔的草坪上孤零零地矗立着一棵大树。

树干大概有两个成年人合抱那么粗,所以算不得十分粗壮。高度大概在五六米的样子,或许再高一点,或许再低一些……不只是树,关于大小高低这些东西,只要换成数字,雏步就觉得很难搞。所以,这棵树在雏步的感觉中,是"一般般的大,一般般的高"。

枝丫向上伸去,中途左右分开扩展,生有叶片,但也没有繁茂到可称为郁郁苍苍的程度。似乎只是在向周围宣告,我还活着哟。在宽阔的草坪中只有这么独树一株……让人感觉应该是从很久以前就生长在这片土地上的物种。

"这棵树,据说从动物园时代就在这里了。爸爸特别喜欢它,经常在这棵树下玩,在这棵树下吃便当,后来,动物园搬迁到稍微远一点的砥部町去了,这里重新修建成公园,爸爸看到这棵树还在,就更喜欢它了。那时候,恰好他刚参加海外医疗团体,刚开始体验到艰苦……也许,他看到这棵树依然活着,心里感到欣慰吧。"

小卷绕着大树走了起来,指尖轻轻地划过树干。

雏步也伸手去摸了摸树干。粗刺刺的,也许因为年代久远,老树表面的树皮有的部位看上去像是快要剥落的样子。

"你看,这个,像不像乳房?"

小卷摸着树干上一块突起的鼓包说道。该部位从树干笔直的线条上恰到好处地隆起,中央那个木节状的东西形成圆圆的花纹。

"啊，真的呢。真的好像乳房。"

雏步颇有同感地抚摸着树瘤的侧面。

"爸爸每次回国，都会到公园来抱抱这棵树。他会将脸贴在这个树瘤的侧面，对它说我回来了。"

雏步觉得自己也能体会到小卷父亲的心情。这真的是一棵让人想拥抱想倾诉的树。

小卷张开双臂，抱住了树干。雏步也靠上去抱住了树干。虽然感觉硬硬的，但是……特别让人心安。她将耳朵贴在树干上，闭上了眼睛。

"阿雏。"

突然听到声音，雏步以为是树在叫自己，吃了一惊。

睁开眼睛，只见小卷抱着树在看自己。

"现在……我每天出来跑步的时候，都会抱抱这棵树，跟它说话。"

都对它说些什么呢……雏步刚想问，又沉默了。

她想，小卷姐姐一定从飞朗哥那里听说了——自己已经知道了他们的父亲如今下落不明。

正是因为雏步知道了此事，小卷才会带她来这里看这棵树,对她讲有关爸爸的事情。

现在,小卷每天抱着爸爸喜欢的树,对它说话……也就是说,她一直在祈祷爸爸的平安。

雏步向他们三个人坦承了自己的身世,现在,小卷在对雏步做出回应。我听到了,阿雏说的话我全部都接收到了。小卷说出自己的秘密,用这种方式回应着雏步。

小卷轻轻地将手搭在雏步的手上。好暖……雏步想更多地感受到小卷的温度,用力地回握。

三十四

雏步和小卷一起慢跑着回到了鹭屋。小卷为了配合雏步,刻意将速度放慢了很多,但是雏步依然心慌气喘,脚下发虚。

"是不是很久都没有锻炼过身体?以后每天早上一起跑步吧。"

雏步很高兴听到小卷这样说……但是,很难做到……因为,自己必须要到警局自修去了……可雏步上气不接下气,一时说不出话来。

"哎哟,你们回来啦!"

经过鹭屋停车场前面的时候,阿猪先生打着招呼。人力车停在一边,明典一边检查着车轮状况,一边朝她们点头致意。

"俺们也绕了一圈回来了,兼带训练。"

"早上好。辛苦了。"

小卷语气明快地打着招呼,而雏步却连行礼致意也已经耗尽了全力。

"哦,对了,蔻伊小姐①,大老板娘好像找你有事。"

阿猪先生对雏步说道。

哦?叫我?雏步指着自己。蔻伊……鲤鱼②?是因为我的吃相太凶猛吗?

"谷崎不是写过吗?在谷崎的那部名著《细雪》里面。"

什么……福气的明珠……吸血③……?

"俺喜欢看书,年轻时根本没有什么条件读书,到了这把年纪可真后悔。人哪,要多懂得些知识,才能更多地了解那些风俗人情啊。谷崎在那本书里

---

① "伊透桑"(见下文)即"いとさん"的音译,"蔻伊桑"即"こいさん"的音译,是一种比较亲昵的称呼方式,此处为保留谐音效果,故直接采用音译。
② 日文中"鲤鱼(ニイ)"的发音为"koi"。另,"ko"也有"小"的意思。
③ 为"谷崎的名著《细雪》"的音误,因为雏步并不了解谷崎润一郎。

说，过去在京都和大阪的旧式家庭里，长女都被称为可爱小姐——伊透桑，幺女就是小可爱小姐——蔻伊桑。所以啊，小卷姑娘是伊透小姐，雏步姑娘就是蔻伊小姐咯！到庭园里面的帐篷那里去吧，大老板娘嘱咐说，衣服都准备好了，让你过去换上。来来，这件号衣就交给俺，俺去帮你还给老板娘。快，从这边走，穿过园子到那边去吧。"

阿猪先生的语气不容分说，小卷跟雏步道了声回见，雏步脱下身上的法披，交到阿猪先生的手上，穿过停车场，来到了庭园里。

对了，昨天送饴汤到望星台之后，都没回去跟鸡太郎爷爷打招呼……雏步一边想着，一边穿过篱笆之间的缺口，来到了帐篷前。

记得在望星台上听那个叔叔和阿姨讲他们女儿的事情时，自己突然感到胸口一阵无法忍受的疼痛，痛到瘫倒在地。然后，她记得似乎听到从天上传来的话语声，既像是在对雏步说，也像是在对那两个人说。等眩晕过去，她回过神来之后，却发现叔叔和阿嬷正抱着自己痛哭。

那时，心口的疼痛不仅消失了，反而还觉得有一股暖暖的东西充溢在体内。她看到眼前那两个人浑身颤抖着哭泣的样子，感觉他们的眼泪绝不是悲痛，倒像是在安抚、治愈他们一样……雏步就是在那时下定了决心，要将一切都向老板娘坦白，将自己的秘密和盘托出。

"……早安。"

雏步想到为自己创造了这个机会的鸡太郎爷爷，觉得必须要感谢他。她打开了帐篷门。

帐篷里没有亮灯，阳光透过两处天窗洒进帐篷内，足够明亮。其中一束光线集中在地板上的一点。雏步像是被吸引住一样，自然地迈上地台，朝亮点走去。只见那里摆着一件纯白色的薄衫，下面是一件红色或者叫作绯色的和服，白色的足袋，还有一双绊带为红色的木屐。

就是说，要换上这套衣服？好像扮装表演啊，雏步一边抖开衣服，一边暗想……耳边仿佛响起真雀婆婆的声音：别磨磨叽叽的，快点换上衣服……

雏步惊讶地看看四周，帐篷里并没有人。雏步把衣服摊开，白衫像是一件小袖和服，所以应该是上衣，这个像裤一样的就是下装，她按照自己的判断将衣服穿在身上。足袋上有好几个金属扣，穿起来有些费事，不过也总算是穿上了……不知这样行不行，雏步环顾整个帐篷内。只见角落里摆着书架和抽屉柜，但是没有镜子。桌子也被推到了角落里。桌上还有烤馒头。看到吃的，雏步才感觉肚子有点饿，她抓起馒头吃了一个，又塞了一个到嘴里，倒了一杯饴汤刚刚喝下。"换好衣服了吗？"

门外传来一个冷冰冰的声音，不带一丝感情。

啊啊啊，怎么办……烤馒头还塞在嗓子眼。

"我可以进来吗？"

虽然雏步听出了对方是谁，但是堵在喉咙中的烤馒头让她一时无法出声。

"还需要再等一会儿吗？"

对方又问道，雏步这时终于把卡在嗓子眼的馒头吞了下去。

"没，没关系……不知道……但是，那个，请进。"

雏步语无伦次，声音古怪地答道。

幸男出现在眼前。他身穿一件黑色薄毛衫,搭配一条黑色的修身长裤,本来就颀长的身材看上去更加清癯。他头上戴着一顶针织帽,微微偏后,显得非常有型。幸男看了看雏步,眉间略微皱了皱。

"恕我失礼。"

他迈上地板,朝雏步走了过来。雏步心跳得厉害,不自觉地低下了头。

"你的袴装,前后穿反了。"

啊?是吗……雏步一愣,马上动手去脱身上的红色袴装。

幸男猛地转过脸去,将后背对着雏步。

啊……这个举动或许会让幸男觉得,自己将他当作是同性了。可她只是为自己的错误感到羞愧,想尽快穿对了而已……雏步有些不知所措,她将袴装前后倒置了过来。

"那个,对不起。突然就脱掉……不成铁桶,多有冒犯。"

哎?那个词是这么说的吧?不成木桶?不成水桶?

幸男转过身来,表情中带着柔和的笑意。

太好了,好像……没生气,雏步松了口气。

雏步上身穿着白色小袖装,幸男上前将肩头捋平,又略微抻了抻宽宽的袖口,使之平整,然后轻轻地按住雏步的肩膀,让她转身背对着自己:

"不好意思,现在,我要整理一下腰部位置。"

幸男说着,将手搭在雏步袴装的腰间,开始调整松紧度,又啪啪两下将裤脚抻开,说道:"请转身。"雏步转过身来,他又抻了抻裤脚,使之看起来更挺括一些,然后上下打量着雏步,确认效果。

俨然一位着装指导,或者造型师……只见幸男从挂在腰后的发型师常用的小工具包中拿出一把梳子,将雏步的头发仔细地梳向后边,为她别上了一个亮闪闪的发夹。

"效果如何……自己看看吧。"

幸男又从腰后掏出一面镜子,举向了雏步。

雏步忐忑不安地看了看镜子里面……哇!她吓了一跳。这,不就是巫女吗……而且,我当然知道不好这样说自己……但请允许我小声说一句……还真是,有点可爱呢!

"怎么样?"

幸男问道。雏步无法将心中的想法直接说出口。

"嗯,就像……不是我自己了……"

"因为是巫女啊,可以不是自己的。不过,很可爱。"

啊啊!真的吗……简直要晕倒!

"好了,我们走吧。"

幸男拿起地板上的木屐,将它们整齐地摆在穿鞋处。

"啊,请问,要去哪里?"

雏步有些困惑,向正在穿鞋的幸男问道。

"大老板娘在等你。"

啊,原来是这样……雏步感觉必须遵从真雀婆婆的要求……她跟在幸男的身后,穿上木屐出了帐篷。

幸男在前面朝庭园方向走去,雏步跟在他身后,一边走一边欣赏着他清瘦挺拔的背影。鞋子也是黑色的,没穿袜子的雪白脚踝非常醒目。雏步发现他腰间工具包里的梳子快要掉出来了,不自觉地伸手去扶,不想脚下一绊,手碰到了幸男的后背。幸男回过头来。

"对不起……梳子，快从包里掉出来了。"

"哦，谢谢。"

幸男整理了一下工具包。雏步觉得不说话也不好，便问道："请问，你也做那种工作吗？"

"那种是指？"

"就是，像造型师那样的……那个，我觉得幸男哥……"

哎呀，我叫出了他的名字！不会生气吧？雏步有点紧张。但是幸男看着雏步，似乎在鼓励她说下去，一丁点都没有生气的样子。于是，雏步继续说道："就是，特别会穿，会打扮，所以看上去就像是做那种工作的人……"

幸男嘴角的线条变得柔缓起来。呀……笑了呀，他对我笑了……雏步放下心的同时，又觉得开心无比。

"谢谢你。不过，我还不是专业的。目前，我一边为富永医生做助手，一边在上设计学校，都是下午上课。到了周六周日，我还会到服装服饰厂去打工，顺便做各种见习。"

"那……将来是准备要进入遮阳伞行业吗？"

"大概，你是想说服装行业①吧？"

啊，又搞错了……雏步感觉自己脸上似乎喷出了火。

"我还没决定，但是，我对设计很感兴趣，也觉得造型师的工作很有意思。我有一种想法，想将传统服装充分利用起来，尝试穿出一种现代感。"

"幸男哥无论在哪里，都会工作得很出色。"

哦？幸男有些诧异地睁大了眼睛。

"啊，对不起……不知为什么，就突然这样想……"

雏步慌慌张张地道歉。

"……走吧。"

幸男又开始朝前方走去。

这回是不是生气了呢，突然被一个不熟悉的人这样随随便便地评价，大概是会生气的吧……雏步缩着肩膀，紧跟了上去。

---

① 遮阳伞（parasol），服装服饰（apparel），在日语中都用外来语表示，读音相近。

他们并没有穿过篱笆，而是直接向里面走去。那里草深木茂，遮蔽了去路，却有一条仅供一个人通过的狭窄小径。很快，一排及腰高的木栅栏挡在前方。

幸男推了一下栅栏，原来那里有一扇门，向里打开了。穿过之后，来到了一片非常开阔的空间。高木四合，前面有一个小小的像是神社或寺庙的建筑物。大概，这就是被称为白鹭神的白鹭神社吧……雏步突然明白过来。

幸男朝着那栋建筑走去。周围流淌着清新的空气，雏步跟在幸男的身后，心情舒畅地感受着这一切。

那座建筑的地板架得高高的，屋顶像是鸟儿张开翅膀一样，带着些翻卷。整体都是白色调，看不到功德箱，也没有丁零零的铃铛。

"把木屐脱在这里，从正门进去。大老板娘在里面等着你。"

幸男站在木台阶前，对雏步说道。

雏步依言脱下木屐，迈上台阶。

"雏步。"

听到幸男突然叫她,雏步回头。

"很开心,听到刚才你说的话,无论在哪里,都会工作得很出色……不是被一般的女孩子,而是被一个巫女这样说,我觉得特别可信。"

幸男第一次露出了雪白的牙齿,对雏步微笑着。

"确实像飞朗说的那样。"

"什么……"

"你呢,会让人说出很多平常不会对别人说的话……因为不设防。"

幸男又恢复了一贯的酷酷表情,转过身去,从刚才的木栅门那里回到鹭屋的庭园中去了。

哎?可是,那个不设防,是不是……缺根筋的另一种比较委婉的说法……算了,也没办法,能把服装说成是遮阳伞……雏步有些释然,又有些羞愧地想着,登上了台阶。

"打扰了。"

她边说边拉开了正面的拉门。

"啊!"只听得一声轻呼飞进了雏步的耳中。

三十五

雏步进入室内,朝发出声音的左手方向看去。

"啊!"这下轮到雏步的口中发出轻呼。

昨晚在望星台上见过的叔叔阿姨,穿着徒步巡礼者的白色装束,身边放着斗笠、手杖和背包等物,正跪坐在木地板的地面上。

"关上门,过来坐在这里。"

正对面,坐着真雀婆婆,她一身巫女装束,银色的发丝绾在头顶。

雏步想起来,第一次见到真雀婆婆的时候,她就是这样一身打扮。

雏步关好门,按照真雀婆婆的指示,走到面向正前方的右手方向,在墙壁前跪坐下来。因为是木板地,有些凉,也有些硌得慌,但是雏步忍住痛,丝毫没有表现出任何不适。

她与那对男女相向而坐。对面两人似乎像马上就要哭出来,表情中又带着些喜悦,他们微笑着,眼睛里似乎有亮光在闪动。

"二位巡礼者在去往五十一番札所石手寺的途中,因体力不支被鹭屋接了回来。现在,他们准备徒步云巡拜余下的札所哐呐。"

真雀婆婆对雏步说道。

这时,对面的女人像是坍陷下去一般,突然用双手撑住了地板:"谢谢你……真的是,太感谢了……"

她对着雏步深深拜倒,额头几乎要触在地面。

"实在是,感激不尽。"

男人也用双手撑住地板,向雏步低头行礼。

啊,这,怎怎怎么回事……雏步一脸迷惑,她将求救的目光从两个人的身上移向了真雀婆婆。

真雀婆婆对她轻轻摇了摇头。她仿佛听到婆婆在对自己示意:什么也不要说,什么也不要做。

"适才已讲妥,由你护送二位到石手寺。"

什么……送，蔬菜酱土豆①？雏步用目光询问真雀婆婆。

真雀婆婆微微正色。不对，土豆不是蔬菜。哦，不，土豆也算是蔬菜的一种。但我要说的是，刚才已经说好了，由你护送他们过去。傻孩子……从真雀婆婆的表情中，雏步似乎读到了这些信息。

雏步将刚刚关上的门又轻轻地拉开。只见阿猪先生表情肃穆地跪坐在门外。真雀婆婆对雏步点了点头，似乎在说快去吧。雏步领会到意思，站起身来。从地板硌得脚痛中解脱出来自然不错……可是，我现在必须要去警察局……雏步看着真雀婆婆。

"请你好生相送。"

什么？送，香酥花生？

不对，是让你好好地护送他们，傻丫头……

在与真雀婆婆无声的问答结束之后，雏步向阿猪先生那边走去。

阿猪先下了台阶，顺手摆好了雏步的木屐。雏

---

① 此处亦是雏步对"适才已讲妥"的音误。

步留意到人力车就停在旁边。阿猪先生向雏步伸出左手。雏步满心疑惑地将右手递过去,顺势踩到人力车车身侧面的踏脚台上,被引导到车上。

"准备起车,请扶好两边的扶手。"

站在拉车位置的是明典。他一身黑色装束,外披鹭屋的号衣,额头绑着一条蓝色的汗巾。雏步抓住扶手,只见明典抬起车梁,稳稳当当地将人力车控制在驾驶的状态。

"好了。二位先请。"

阿猪先生说道。

徒步巡礼者装扮的男女戴上斗笠,背好行囊,拄着手杖,走到了人力车的前面。他们看了看雏步,默默地低头行礼。

啊……雏步急忙低头回礼。

二人又转过身去面向前方,迈出了脚步。人力车跟在他们身后,不带一丝摇晃地缓缓前行。雏步为它起步的平稳感到惊讶。

这是她生来第一次坐人力车。在她的想象中,人力车坐上去应该更颠簸,但现在,她就像是乘着飞毯一样,腾在半空,向前飘然移动,那感觉十分神奇。为了配合走在前面的两个人的速度,人力车行进得很慢,雏步也消除了紧张,将身体靠在座席上,一种空中移动的舒适感在体内徐徐扩散。

明典略微向这边转过脸来,好像轻轻地点了点头。

"乘车人放松下来的话,拉车的人也会轻松起来哦。"

突然听到旁边传来说话声,雏步吓了一跳。原来阿猪先生正走在车旁。

要一起去石手寺吗……雏步想问,却见阿猪先生左手持一根粗大的手杖点在地面。安装在手杖上方的数个金属环,随着震动而相互碰撞着,发出丁丁零零的清亮声响。音色如此美妙,代表什么意思呢?阿猪先生神态自若地走着,明典静静地拉着人力车,走在前方的两个人也没有回头。

很快就来到神社的参诣道上,道后温泉站已经出现在视野中。两位徒步巡礼者一步一步,踏踏实实地向前走,人力车跟在后面,阿猪先生不时振响丁零零的金属环。不只是观光客,连一般的路人都注意到声响，回头看着他们。其中还有人对着雏步指指点点，也有人在忙着拍照。

就像是某种仪式，雏步不由得忸怩起来。究竟为什么要让自己打扮成巫女呢……如果只是给他们送行的话，衬衫牛仔裤应该也可以的吧。

又有观光客举着手机对雏步拍照。雏步伸手想遮住脸，手指却碰到了发夹。她突然想起了幸男。幸男说的话还留在她的心里。既像是感谢，又像是赞美，听起来又让人感觉有些不可思议……

——很开心，听到刚才你说的话。无论在哪里，都会工作得很出色……不是被一般的女孩子，而是被一个巫女这样说，我觉得特别可信——

"不是被一般的女孩子，而是被一个巫女这样说……"所以值得信任……雏步一边思索着这句话的意思，一边看着走在前面的两个人的背影。

在望星台上，听过他们女儿的遭遇之后，雏步不记得后面发生的事情了。但是……雏步也许对他们两人说了什么。就像那天……在鹭屋的玄关前，那位巡礼者阿姨讲述了自己父母的悲惨故事，当时，雏步似乎也说了一些话。后来听说,那位阿姨为了这些话还向鹭屋表示了感谢。

所以,即使雏步失去了记忆,在望星台,也有可能对两人说过什么。也许,那件事跟她今天的巫女打扮,有一定的关系。

说不定,真雀婆婆或者老板娘从二人那里知道了雏步在望星台上说过的话,所以认为让雏步穿上巫女的衣服比较合适。幸男刚才恰恰也说——不是被一般的女孩子,而是被一个巫女这样说,觉得特别可信。

也许是自己误会了。但是……那个死去的女孩与自己同龄,如果今天这身打扮,对她的父母具有某种意义的话……或者说,真雀婆婆和老板娘认为有意义的话……就应该坦然接受这样的安排。直觉告诉她,这种事情必须勇于承担才对。

雏步将手从脸上挪开,在座位上端正坐好,面向正前方。

丁丁零零的声音穿透了碧蓝的天空。

三十六

石手寺前,在明典的牵引下,雏步走下了人力车。

两位徒步巡礼者已经在人力车前等候着她。

"谢谢你。真心感谢。"

女人对雏步低下头去。抬起来时,被泪水濡湿的脸上浮现出笑容:"因为你在,让我觉得好像跟女儿走了一路。"

"是……感觉女儿就在身后……觉得女儿正在看着我们。"

男人说道。他用手掌抹去从眼角流出来的泪水。

"没想到会是这样的'同行二人'。本来是指与弘法大师同行的遍路之旅……但是对我们来说,是与女儿同行。今后,我们也会跟女儿一起走下去。"

"嗯。我们会和女儿一起活下去。三个人一起,从今往后。"

男女二人点头说道。看着他们坚毅的神情，雏步突然想哭。

但是她想到，现在自己是一名巫女，便拼命忍住泪水，微微低头回礼。

二人又一次向雏步行礼，然后向着参诣道走去。

雏步目送着他们离去，阿猪先生递过来一条白手巾。

啊，是让我擦眼泪吗……雏步下意识地接了过来，却见阿猪先生指着自己的鼻子说："鼻涕……用它擤一下。没关系，尽管用。"

对不糨……雏步觉得既抱歉又丢脸，把手巾按在了鼻子上。

"岁至何时亦难忘，此度秋之旅。"

阿猪先生望着参诣道的方向吟诵着。

是俳句吗……寥寥数语，像是清脆的铃音在雏步的心中回荡。

"极堂——极致的极、寺庙殿堂的堂。这是柳原极堂的句子。他是子规先生的同龄挚友，谦谦君子，重情重义。在子规先生过世之后，他仍致力于将先生的作品留存于世。"

虽然这个人的名字和俳句雏步都没有听过……但是一想到跟刚才分别的两个人一起走过的这一程，确实感觉是一段"难忘"的"秋之旅"。

这首俳句原本要表达的是什么意思呢……极堂和子规也许有过一段可以作为终生回忆的美好旅行。具体虽然不得而知……话说回来，在这个世界上，果然有一些句子或者语言就在人们的生活当中呼吸、延续着。

而且，只是将通俗易懂的语言排列在一起，如此简短，却能深入人心。雏步突然觉得：俳句真是了不起！

因为日常使用所以没有意识到，但是，语言所拥有的力量也许真的非常特别。

"极堂先生还有一句'遍路向石手，犹望汤之町'。好了，咱们回去吧。"

听到阿猪先生的指示，明典马上摆好踏脚台，对着雏步伸出手去。

雏步在座位上刚刚坐稳,阿猪先生便仰头看着她道:"那么,蔻伊小姐,"

蔻伊小姐?哦哦,那个会吸血的什么福气明珠……唉,不对,肯定不对。包括刚才的那些俳句,一定要好好学习才行,一个念头开始在雏步的心中萌芽。

"怎么样,咱们一路飞着回去吧?心情会很爽快的哦!"

啊?飞,也就是说要跑起来?可是,明典会很辛苦的呀……雏步看了看手握车梁的明典的后背。

"刚好,对阿明也是个很好的训练机会。怎么样?你要是觉得害怕,咱们也可以慢慢走。"

啊,可是,如果去警察那里自修的话,大概就再也坐不到人力车了……

"……那,就拜托来个爽快的。"

手巾还挡在鼻子上,雏步就答道。

"没问题!俺就在后面跟着呢。"

方才那些丁零零的金属环不知何时都消失了,大概已经从手杖头上摘了下来。阿猪先生手里拿的只是一根白木手杖。

"准备好了吗?"

明典回头看着雏步。声音虽然低,却让人感觉很体贴。

"准备好了。"

雏步将手巾放在膝头,双手紧紧抓住了扶手。

"好了,阿明,现在后面没有车。按照你的节奏出发吧!"

明典身体微微前倾,深吸了一口气,只见他拱起后背,配合着徐缓的吐气,雏步感觉自己向前移动了起来。

一步、两步,与起步时的节奏一样稳重,到了第三步、第四步,明典像是跃起一般,腾起脚步拉车前行。雏步的身体丝毫没有感觉到颠簸。

看着明典的背影,并没有看出他跑得有多么卖力,但是,人力车的速度却在逐渐上升。

哇啊啊啊,飞起来了!我飞起来了……雏步的身体像是浮在空中,披风前行,她惊奇而兴奋。为抓住扶手,雏步的双臂恰好向斜下方伸展,那姿态就像是张开了翅膀在空中飞行。风从小袖装的袖口钻入，衣袂飘扬，发出啪嗒啪嗒的声响，更让人联想到飞翔的鸟儿。

我是鸟儿……是白鹭……飞啊——飞啊——飞起来吧！

明典像是听到了雏步心中的呼喊，脚步腾跃在半空。

人力车的整个车身都飘飘然地浮起来，攀上风的阶梯，在空中翱翔。

道后的城区突然就在眼前展开。雏步可以俯瞰到道后温泉的本馆。她从雄伟壮观的建筑物上飞过，松山城就在与自己的视线平行的高度，一直可以望到松山市街更远的前方，那里是波光粼粼的大海。

本是遥不可及的蓝天逐渐迫近，阳光炫目。

人力车乘着清风，跟道后公园的鸽子们并肩向前滑翔，像是在被鸽子引领着，绕着自己和小卷姐姐一起围抱过的那棵大树的周围转了一圈。雏步耳畔突然响起一声汽笛，人力车又开始追赶哥儿列车，对着车里的巡礼者挥挥手，继续向前……

"蔻伊小姐……蔻伊小姐……这里,是子规纪念博物馆哦!"

听到阿猪先生的声音,雏步睁开了不知何时闭上的眼睛。

人力车停在地面。在像是停车场的一片宽阔空地上,眼前有一座四五层楼高的大建筑。入口的旁边,垂下一条长长的布帛,像是在表明这栋建筑的博物馆身份。只见上面行云流水般地写着:

"游子之归一人乎 秋之暮 子规"。

啊……雏步想到自己目前所处的情况,感觉这句话正合自己的心境。

在秋天的傍晚,子规先生或许看到了独自归家的小童,所以有感而发,微笑着吟咏出这首俳句。而雏步却不自觉地代入自己,觉得自己的身影跟归家的孩子重叠在了一起。现在虽然还是上午,但是她却体会到了曲终人散的寂寞,心中有些沉重。而且,俳句中的孩子,以及雏步自己,都有回得去的家。回到家中,也有正在等着自己的家人。在寂寞的终点,似乎能感受到某种温暖。相信有人在等着自己，人们才乐于回味游戏时的快乐，同时也眷恋归家的时间。

"鹭屋就在前面了。"

人力车静悄悄地移动起来……雏步珍惜而细致地品味着游戏结束之后对家的依恋，一行人抵达鹭屋的玄关前。

"怎么样？是不是觉得很爽快？"

阿猪先生一边向雏步伸出手去，一边问道。

"是。谢谢……非常难忘的经历。"

她把心中所想直接说了出来。在最后，为自己创造了这么美好的回忆。雏步也向明典低头致谢："谢谢你。"

明典摘下头上的汗巾，摆着手表示不必客气。

"手巾……本来，我想洗干净之后还给您，"

雏步对阿猪先生说道。也许没有时间做这些了。哎呀！这时，她突然想起一件事。

从舅父家逃出来的时候，在一个小农园的旁边，她曾经借用了两条手巾，用来包裹受了伤的脚……她无意偷窃，只是借用，本来想着一定要归还，但是……恐怕也很难实现了。实在是对不起,雏步在心里道着歉。

"不用不用,甭在意这些。把手巾给俺就是了。快进去吧。"

阿猪先生飞快地从雏步的手上抽回手巾,将雏步领到了鹭屋的玄关前。这时,只见玄关门先从里面打开了,玛利亚出现在里面。

"啊,终于回来啦。警察在里面等着你咋呐么唏。"

三十七

终于来了……比起害怕，雏步更多感到的是轻松。

从这里走出去，毕竟还是有些胆怯，需要的是拿出勇气的勇气。对方能够来，反而好办了。雏步只觉心下一片清朗，走进了玄关，向里面说道："我回来了。"

脱下木屐，听到老板娘在大开间那边叫她：

"雏步。"

只见老板娘端坐在桌前，飞朗坐在她的旁边。飞朗换了一身打扮，穿着一套挺括的西装。

雏步进了大开间，看到一位身穿西装上衣的中年男子坐在老板娘的对面，好像还在吃着什么。看上去像是锅烧乌冬面。在乌冬面的旁边，还有一碟豆皮寿司。

"雏步，来这边坐。"

老板娘指着自己旁边空着的坐垫对她说。雏步乖乖地坐了下来。

"古坂先生，就是这个孩子。"

老板娘向对面的男子说道。

"哦哦。"

男子放下筷子，拿起放在桌子上的眼镜戴上。看来是吃乌冬面时怕镜片起雾，所以摘下来的。说他是警察，但看上去慈眉善目，更像是一位开电器店的大叔。

"哎哟，好可爱的巫女呀！怎么？是为了准备什么祭祀活动吗。"

"大老板娘有事叫她去了趟白鹭神社。"老板娘回答道，"雏步，这位是爱媛县警，生活安全部的古坂先生。鹭屋一直承蒙他的关照。"

"哈哈，别这样别这样，应该说，我家祖上世世代代都受到鹭屋的关照才对啊……就拿现在来说，平日里，每天都能吃上鹭屋的午饭。"

后面的话，古坂先生是对着雏步说的。

"尚子的手艺真是不得了。今天的锅烧乌冬面，面汁鲜甜，简直就是极品。这个豆皮寿司，醋饭里面加了柑橘果汁，是橘子色的哦！"

古坂先生咬了一口豆皮寿司，将余下的伸过来给雏步看。真的呢……里面真的是橘子色呢！

"雏步，我已经将你的名字告诉了古坂先生，请他查一下有没有失踪人口报案，然后了解到一些情况……你听我说。"

老板娘转过身子，面对雏步坐好。飞朗也表情严肃地注视着雏步。

是死刑吧……或者……雏步挺直了脊背，等待宣判。

"你，没有让任何人死掉。"

什么……

"你告诉我们的那位爷爷……据说，现在也很健康地活着呢。"

"后脑勺确实受了一点轻伤，但现在已经痊愈了。听说他摔倒了，撞到头，出现一小块皮下血肿。

但是本人却不记得发生了什么。"古坂先生解释说。

他又吃了一口豆皮寿司,继续说道:"你跑出来那天,你舅妈刚好有事开车回家,据她说,隐隐约约好像看到你跑到树林里面去了……你还记得吗?"

啊……那天好像看到了舅妈的车,于是慌慌张张地藏到树林中,结果还是被看到了呀……雏步轻轻地点了点头。

"她回到家里,发现老人倒在地上,没有什么严重的伤……你的亲戚说,以为你是出去呼救,或者是吓坏了才跑出去的,很快就会回家。天黑了以后,他们在周围找过一圈,早上也找了一遍,但是没有找到。他们这才明白,你可能是离家出走了。本来,强迫你做看护这种事,被外人知道了也不好……所以他们就决定等上一两天再说。他们觉得,反正你无处可去,应该很快就能回来。但是三天之后,还是不见你回家。他们就去向相熟的警察求助。只是,十五岁的孩子如果自愿离家,警察也不会马上展开搜索……不过,有时会在繁华市区找到人,警察于是建议他们申请警方搜索。所以一直到昨天,他们才正式报案,申请寻人。今天早上,老板娘找我谈这个事情,我就去查了一下,也真是巧了。负责这件事的辖区警署,刚好有我的校友在,我就请他去你亲戚家了解到详情。老人很健康,听说你没事,你亲戚也放心了。"

雏步只觉得脑子里一片混乱,对方的话她听得不是很明白,她看了看老板娘,又看了看飞朗哥,再看看古坂先生,目光再次转回到老板娘这里。

"可是……当时……他没有呼吸了……"

"雏步当时一定是吓到了,所以很难冷静判断。"飞朗探头看着雏步的脸说道。然后他对古坂先生说:"老人受伤的事情,对雏步也不会有什么影响吧?"

古坂先生刚好塞了一只豆皮寿司在嘴里,只将筷子在面前左右摆了摆。他把口中的食物咽下去之后,才说道:"亲戚呢,觉得是老人自己摔倒的,现在更不会有什么事了。而且他们还表示说,将照顾老人的事情强加于孩子,心里也过意不去。如果说是推倒的,也是因为情况特殊,在家庭内部说清楚就好了。"

老板娘将手搭在雏步的肩头："所以，现在就回亲戚家去吧。我送你。飞朗也要陪我们一起去。"

"在法律方面也许会起到一些帮助。"

飞朗解释道。

原来，我没杀人……虽然了解到了真实情况，但是雏步的心中依然阴云密布。

老人还活着，太好了。不管自己有没有罪，只要他健康就好，很值得高兴……可是，现在，自己心里最期待的是另外的事情……

雏步抬起头来，盯着老板娘那双清澈动人的眼睛。在眼眸深处，有鹭屋，有人们的欢笑和泪水，有可以包容一切的温泉般的柔情。

不如死刑，雏步突然想。

或者被关进监狱也好，长久的……如果，如果允许的话……

雏步双手撑住榻榻米，低下了头。

"请让我留在这里。请让我留在鹭屋。我什么都能做。什么事情都可以忍受。所以，请允许我留在这里。求求您，拜托了。"

雏步的额头触到了榻榻米,泪水从眼中滚落。她很怕弄脏叠席,便将撑着的两只手交叠在一起,把脸贴在了手背上。她下定决心,在得到肯定答复之前不再起身。

突然听到了吃面条的吸溜声。

"所——有人,所——有人都是这样的啊,老板娘。"

是古坂先生的声音。"大家全都是这样的吧?尚子、玛利亚、花凛、阿猪、明典……都是在别处吃过苦遭过罪的人啊,来到这里,得到了鹭屋的救助,然后就提出要一直留下来,大家都是这样的啊!"

原来是这样……雏步低着头,脑海中浮现出尚子、玛利亚、花凛、阿猪先生、明典哥的笑容。而大家,原来都曾经有过痛苦的经历……但是如今,他们都笑得那么开心……

"之前在这里工作的人,也是一样啊……为了将鹭屋的位子腾出来,都是做上一阵子再离开,就像毕业一样。出去之后呢,就到附近的诊所、幼儿园、日托中心、酒店、客栈去工作,大家全都聚在周边。所有人的心情都是一样的啊。只要在鹭屋住过，就不想再回到从前的地方，想永远在鹭屋生活下去……就连我，有时也会想哦，如果退休了，希望这里能收留我。当然了，我帮不上什么忙，也有家庭，所以不可能这么做……但是，这位可爱的巫女哟，我太能理解你的心情了。"

雏步感到双肩传来一阵温暖，从之前的经验来看，她明白那是老板娘的手。

"雏步，抬起头来。"

雏步摇着头。如果不答应收留我，我就坚决不动。

雏步听到老板娘温柔的叹息声，感到后背被抚摩着。

三十八

第二天清晨,乌云厚积,低垂在天,空气有些寒凉,似乎随时都会来一场疾雨。

雏步穿上牛仔裤,在衬衫的外面披了一件开衫,来到道后温泉车站前。车站前面一个名为放生园的广场上,有一座钟塔,雏步正仰头看着钟塔上那台巨大的"哥儿报时钟"。

道后温泉本馆的最顶端有一个箭楼式的建筑物,叫作振鹭阁,里面悬挂着一面报时鼓。哥儿报时钟就是以振鹭阁为模型打造的,有上下两层建筑,架在松山城风格的石垣之上。

时钟中央的表盘上,指针现在刚好指向八点钟。在雏步的周围,有几组观光客正满怀期待地守在钟塔附近。

只听得擂鼓一般的声音从时钟的中央响起，屋顶部位开始上升，建筑高出了一层。在那层里面，有一个正在敲鼓的偶人。这时，只见中央的表盘翻转过来，一位穿着红色外褂的女偶人赫然现身。

啊，听说过，听说过，这个好像就是那个梳着明治时代卡斯特拉蛋糕发式的多娜多娜小姐……雏步暗想。一对情侣模样的游客站在旁边，只听女子对身边的男子说道："啊，梳着海卡拉的发式，应该就是玛冬娜①吧。"

咦？原来那个人不叫多娜多娜……转学之后，雏步在初中学过《哥儿》这篇小说，但是当时受到周围环境的影响，除了梗概，她记得的只有那个少爷哥儿和某人之间的互动，还有很多哥儿对当地人的牢骚。

和着轻快的音乐，最下面一层也开始慢慢爬升，

---

① 夏目漱石的小说《哥儿》中，玛冬娜是一位"肌肤白皙、发型时髦、身材颀长的美人儿"。原文中对发型的描述，使用了"ハイカラ"一词，音"海卡拉"，语源为高领衬衫"high collar"，引申为洋气时髦。

几个泡在温泉中的小偶人刚一出现,紧挨着它的那层又有两个偶人结伴登场,一个是年轻的男子,另一个是位老奶奶。

毫无疑问,这就是哥儿了……就连雏步都知道。而在她的记忆当中,那个与哥儿互动的某人,正是这位老奶奶。

老奶奶对哥儿十分宠爱,宠爱到让哥儿都觉得莫名惊讶,她接纳哥儿的一切。所以,在松山当老师的哥儿,因为过得实在不顺心,就立刻结束了工作,回到了老奶奶的身边。两个人重逢的画面虽然着墨不多,却给雏步留下了深刻的印象,感觉像是一双冻得冰凉的手被一双温暖的手紧紧握住。虽然不喜欢哥儿那副不可一世的样子,但是她感觉哥儿对老奶奶的感情是真挚的。

如今,雏步在鹭屋生活了数日,她终于懂得,对于哥儿来说,那位老奶奶就是他的"归宿"。

无论什么人,都需要一个可归之处……无论是谁,在遭人唾骂、受人非难、世事难容的境况下,如果有人可以完完全全地接受自己,哪怕只有一个这样的人，也能够让自己活下去……那个人的所在之处才是最重要的……雏步当时读到这篇小说的时候并不懂，如今她想，如果漱石先生在书中表达了这种想法……那他可真是个了不起的人。

但是，漱石先生为什么没有提到关于鹭屋的事情呢？

阿猪先生在讲古的时候曾经说过，漱石先生与他的好朋友子规同时爱上了鹭屋的老板娘。虽然不知真伪。但是，如果他来过松山，就一定会知道鹭屋。也许被当时的老板娘拒绝了也说不定……所以他不写鹭屋，而是写松山人，字句中不无讽刺挖苦之意……但是，那位老奶奶，在某种意义上让人感觉就是鹭屋……也许，漱石先生把对"归宿"的想象寄托在了那位老奶奶的身上。

雏步觉得周围的人有动静，她仰头望去，只见钟塔上的机械人偶已经退了回去，攀升的楼层正在返回原来的位置。

结束了，哎呀，不好……雏步猛地回头看了看身后。广场视野开阔，可以直接望见车站那边，她等待的还没有出现。

等巴士的时候,可以到放生园去参观一下机械人偶报时钟,上午八点起,每隔一个小时都会报时——老板娘和玛利亚他们这样告诉自己。

雏步又看了看报时钟的表盘。离预计的时间还有五分钟,雏步走到了车站旁边的巴士站台,坐在长凳上,看着巴士开来的方向,咀嚼般地回忆着昨天发生的事情。

昨天下午,雏步在老板娘和飞朗的陪伴下,一起去了舅父家。

飞朗开着面包车,雏步坐在后排座位上,一路上,老板娘一直握着她的手。

在那栋老房子里,舅父舅母和舅妈的母亲已经等候在客厅。两个孩子因为有兴趣班活动,去了学校。舅妈的父亲已被送到离家二十分钟车程的日托中心。据舅妈说,老人突然变得很顺服,开始能够接受其他人的照顾了。

通过古坂先生的关系,当地警察事先与舅父家取得过联系，所以会面和交谈都进行得很顺利。首先，雏步向大家道了歉，是她让老人受了伤，又离家出走害得大家一直担心。然后老板娘也就没有及时取得联系表示了歉意。

不敢当不敢当，舅父一家三人全都摆着手或是摇着头，他们感谢老板娘和飞朗救助雏步，又照顾了她那么多天。舅父谈到，因为自己患病等一系列事情，导致家务和看护工作都推到了雏步身上，这应该是一切问题的起因，他不仅向老板娘道了歉，也对雏步低下头说："让你受委屈了。"

"但是，真的没想到，会被道后鹭屋收留……很意外，又觉得很放心……"

舅父他们对鹭屋也非常熟悉。提到"道后鹭屋"，不仅历史悠久，也是远近闻名的遍路旅舍，当地人多少都会有所耳闻。

再加上，舅妈的母亲和舅妈甚至还认识前任老板娘千鹤。

舅妈的母亲出生在松山，结婚之后，曾经在香川县的高松市住了一段时间。当年，二十多岁的她带着四岁的舅妈回松山的娘家，母女俩到道后温泉洗浴，之后，舅妈却在参拜石手寺的时候走丢了。当时，二十多岁的千鹤刚好在场。在偏离神社境内的山中，千鹤找到了舅妈，把她背下了山。舅妈受了一点轻伤，于是千鹤让母女二人乘上鹭屋的人力车，将她们送到了附近的医院。舅妈的母亲还记得，当时那位年轻的医生姓富永。

"不仅是女儿，如今连这个孩子都得到了鹭屋的救助……"

舅妈的母亲不停地摇头慨叹道。

事情都交代清楚之后，雏步再次就这次事件道歉，并对之前舅父一家对自己的照护表示感谢，然后她提出，今后想在鹭屋生活。

本来就不够伶牙俐齿，一时难以正确地传达自己的意愿，看到舅父一家人困惑的样子，老板娘在一旁开了口："请容我插上几句话……"她清晰而冷静地将事情的前后经过进行了说明，最后说道："不只是雏步喜欢鹭屋，鹭屋的所有人也都喜欢雏步。虽然相处的时间很短，但是她的体贴和耐心无人能比,她用这份心意,帮了我们很多忙。如果雏步能够留在鹭屋,我们会非常高兴。学校也不远,她步行就可以去上学,我可以负责将她照顾好。"

"而且,我们马上会腾出一个房间专门给她用。"

飞朗在一旁补充道。他马上就要回到研修所的宿舍,等正式成为律师之后,回到松山准备另外租房子住,所以,在来舅父家的车上,他就告诉雏步,准备将自己的房间让给她住。

舅父的表情和回应虽然没有不同意的意思,但还是带着些不解:"当然,非常难得你们能这样对她,或者说,有些太难得了。这样给你们添麻烦,不知道是否合适?不单是雏步,连我们自己都显得太过恃宠太任性了。不只是学校,各方面也都需要很多开销……而且,孩子正值成长期……"

面对舅父这种必然的困惑和疑问,老板娘刚要回应,却见雏步突然将身体向后滑移,双手撑地,重复了之前在鹭屋做出的恳求:"我在鹭屋,会做各种事情。清扫、洗衣服、刷碗、收拾整理、晾晒住客的被子、把院子打扫干净……只要我能做的，我都会做。我会做一个有用的人，让大家觉得，收留我是值得的。所以，拜托了，请允许我在鹭屋生活。"

有对鹭屋的信任，再加上雏步的恳求，舅父他们表示，如果老板娘肯接受的话，他们没什么意见，但是……

"雏步还有与她关系更近的亲属，需要取得他的同意才行吧？"

这指的是雏步的哥哥。

舅父他们在报案，请求寻人的同时，也与自卫队的哥哥取得了联系。因为哥哥当时在训练中，不能马上行动，就在雏步去舅父家的当天，才好不容易请下假来，离开所属部队。但是出于经济上的考虑，出了东京之后，他计划乘坐深夜高速巴士到松山。所以，雏步现在在道后温泉站的巴士站台等着他。

听到低低的汽车喇叭声，雏步抬起头来。

前方，一台鲜艳的橘黄色大型巴士正在鸣笛催促堵住了前行道路的小轿车。晚点还不到十分钟。

雏步从长凳上站起身来。

巴士正在减速,拐了一个大弯之后,来到了巴士车站。

前方车门打开的同时,一位身穿蓝紫色长裤和短袖白衬衫的人先跳了下来,头上还戴着一顶警官帽样式的制服帽。雏步赶紧跑过去。接下来是一位胖胖的休闲服打扮的男士,还有两个看上去像是女大学生的人,乘客一个接着一个下车。

雏步的哥哥是个急性子,无论坐电车还是巴士,经常是快到车站的时候,就会从座位上起身去车门边,在车辆停稳开门的同时就跳到外面。是不是没坐这辆车呢……雏步从车门边向车内张望着。

"阿雏、雏步,你在干吗!"

背后有人叫她。

是哥哥的声音。雏步一回头,见最先跳下车的那个男子正在看着自己。

只见他将手中的包放到地上,摘下了扣得深深的帽子,露出了剃得短短的平头。哥哥鹿雄那张熟悉的笑脸出现在眼前。

"咦？哥？你这发型，这打扮……是在干吗？扮装秀？"

"傻瓜，这是按照规定理的短发。"鹿雄将雏步带到一边，以免妨碍到正在陆续下车的乘客，"这个呢，是队上的制服。不穿戴规整是不允许外出的。你看。"

他重新戴上帽子，做了个立正的姿势，唰地一下敬了个礼。衬衫的胸口和肩头上代表职业及所属单位的装饰发出低调的哑光。

完全不像哥哥……雏步充满惊奇地看着眼前的鹿雄。紧接着，她心中突然涌起一股激动，再也无法忍受，朝着他的胸口就是一拳。

"好痛……干吗突袭！"

"既然变得这么有模有样，为什么不来接我？你不是答应我了吗！说混得像样之后，一定会来接我。"

鹿雄板正的姿势松懈下来。

"不是啦，还完全没有像样呢！还要跟着部队训练，日程排得满满的，就算我有心来接你也不行啊！而且，我还一直住在宿舍里呢。"

可是……雏步又仔细打量着鹿雄。脸晒黑了，人也瘦了，但是身体反而像是大了一圈。刚才擂在胸口的那一拳，像是擂在一块厚厚的板子上，硬硬实实的。虽然他嘴上说好痛，但是表情却特别轻松……

"雏步，你还好吗？听说你遭了很多罪。"

鹿雄的表情认真起来。他平时叫妹妹阿雏，认真起来要说正经话的时候，就会叫她雏步。

"不对。"

雏步摇了摇头。

"什么不对？"

"是遭了福……遭遇到了巨美好的事情。走，咱们边走边说。"

雏步提起鹿雄的行李，朝着鹭屋的方向走去。

三十九

雏步站在一旁看着鹿雄的脸,确信自己可以留在鹭屋了。

只是鹿雄呆呆地半张着嘴的样子她实在是看不过眼,便伸出手去,将他的下巴轻轻地抬拢。站在玄关里的鹿雄条件反射般地转脸看了看雏步,看清楚了妹妹无奈的苦笑,他眨了眨眼睛,将视线又转回面前,老板娘正仪态端庄地跪坐在那里。

"啊、哦、那、那什么,舍、舍妹承蒙您的照顾。"

鹿雄像是刚刚回过神来一般,向前鞠了个九十度的躬。

"您太客气了。雏步也给我们带来了很多帮助。

一路辛苦了。快请进吧。"

老板娘微笑着,准备将鹿雄引领到大开间那边。

习惯早起的巡礼者们都散去了,有的已经出发,有的用过早餐,在房间里整理行装,准备上路,大开间里只有玛利亚和花凛正在清理着餐具餐桌。

"哥,你还没自我介绍呢!"

正要脱鞋的鹿雄还在直勾勾地紧盯着老板娘看,雏步在一旁提醒他。

他这才想起,啪地打了个立正,朝老板娘敬了个军礼。

"失敬了!我叫鸠村鹿雄。梅花鹿的鹿、英雄的雄。今后也请您多多关照。"

"真是个好名字啊!"

"多谢!教官经常骂我应该是马鹿①的鹿才对!"

"哎呀,这话说的。"

老板娘掩口而笑。鹿雄又一次无法自持。

"来,里面请。"

---

① 日语"马鹿"指傻瓜。

"打打打打扰了。"

老板娘动作轻盈地站起身来,鹿雄魔怔般地看着她,穿着鞋就要迈上地台。

"哥!"

听到雏步的提醒,鹿雄才反应过来:"啊,对不起!"他急忙后撤,屁股却拱到了正好进门的阿猪先生。"啊,对不起!"他又下意识地向前,只听咚的一声,小腿重重地撞到了前方地台的角,发出巨响。在场的所有人都龇牙咧嘴地替他感到疼,关切地围住了他。

鹿雄顾不得按住撞到的小腿,一直保持着僵硬的姿势,终于:"……哒……"

他从咬紧的后槽牙深处发出了呻吟,就地蹲了下来。

雏步看着鹿雄,就像是看到了自己一样,觉得既窘迫又亲切。

接下来,鹿雄在雏步的注目下,吃了尚子做的早餐。他赞不绝口,狼吞虎咽地干掉了五碗米饭和三碗味噌汤。

老板娘考虑到他坐了长途巴士，特意为他准备了一个空房间让他休息。但是鹿雄说，自己接受过随时随地都可以睡眠的训练，巴士上已很舒适，所以现在不用去休息也完全没问题。

"那么，雏步带着哥哥去逛逛道后的城街，然后一起去泡个温泉吧。"

老板娘为雏步和鹿雄备好了浴衣、木屐，还有温泉的入浴券。

雏步按照飞朗带着自己走过的路线，带着鹿雄漫步经过道后的城街，来到了道后温泉的本馆。他们穿过举架高高的走廊之后，各自分开，鹿雄进了左侧的男汤泉，雏步进了右侧的女汤泉，约好一个小时之后在门口会合。

因为是上午，温泉里人很少。雏步脱下浴衣放进衣柜箱，进了浴室。地面铺着深灰色的石材，石面中嵌着点点黑色，池子内侧也用同样的石材铺装。之前老板娘曾经告诉她，这叫御影石。

冲洗过全身之后，雏步准备入池浸浴。温泉水很热，要一下子将整个身体泡进去还是让人踌躇。在鹭屋泡浴的时候，倒是感觉温度适宜，大概水温经过了调整。雏步看看周围，只见一位上了年纪的老妇人坐在浴池的外围，只把腿脚浸在温泉中，就像是在做足浴。哦？应该这样？雏步有样学样，也把腿伸了进去。

哇，好舒服……虽然只有腿和脚浸在里面，但是不会感觉太烫，温泉水的滑腻触感更让人觉得适意。泡了一会儿，逐渐适应了水的温度。旁边的老妇人起身迈入池中，将全身浸到温泉里，呼地舒出一口气。雏步也学着她的样子，一点一点地让温泉水从腰部一直没到肩部，泡入温泉中。呼……她也不自觉地吐出气息。温泉水软软润润，包裹着雏步的身体，仿佛从皮肤表面一直渗透到了身体内侧。

这种安适已经超出了想象……那个叫什么来着？少彦名命神？就像她曾经梦见的那样，那位温泉之神踩着尊——哆叩、尊——哆叩的节拍在岩石上跳舞。此刻，雏步感觉一个小小的少彦名命分身已经融入泉水里，尊——哆叩、尊——哆叩，正在将雏步身体内部凝结已久的疲劳和焦虑,慢慢地揉开,浸软。

所以,虽然知道这种感觉很奇怪……但是雏步觉得,这一池温泉水也是有心的,像是在拥抱着自己,对自己低吾……你很努力,偶尔也要放松一下哦。珍惜自己,才可以走得更长久;善待他人,就能够走得更快乐。尊——哆叩、尊——哆叩……

嗯,好的。仿佛有个自己在回答。好的,我懂了,我会按您说的去做。仿佛还有个自己,要对温泉水做出这样的回答。

一个小时之后,雏步来到本馆的门口,鹿雄已经等在那里,正抬头望着整个本馆建筑。雏步走了过去:"久等了,泡得怎么样?"

"嗯,这里的温泉真棒……虽然我还没正经去过什么温泉,无法比较,但是感觉泉水中好像含有很多成分……泡过之后,真是通体舒畅。"

"要不要从高处看一看?"

雏步带着鹿雄上了冠山。虽然坡路较陡,但是脚上的伤已经一点都感觉不到痛了。

鹿雄俯瞰着道后温泉的本馆和街区，不由啧啧赞叹。

"真是幸运啊……我本来还担心你的事情，在训练中就请假离队……用么好吃的饭菜招待我，还请我泡这么棒的温泉……真感觉有些过意不去了！"

看着身心愉悦的鹿雄不断地发出感慨之声，雏步在一旁突然说道："咱们先来了。"

"嗯？什么先来了？"

"以前不是说过大家一起来吗？……一家四口，一起来道后温泉。现在，咱俩比爸爸妈妈先到了哦！"

"哦……"

鹿雄像是刚刚意识到这一点，含含糊糊地点了点头。

"爸爸妈妈很快就会回来了，到时候，咱们四个人一起泡温泉！好不好？"

鹿雄没有回答。雏步觉得有些奇怪，回头看哥哥，却与哥哥的目光撞到了一起。鹿雄紧盯着她的脸。

"怎么了？我脸上有什么吗？"

雏步下意识地摸了摸自己的脸颊。

"没……是啊……咱俩先来了，真盼着什么时候能四个人一起啊！"

鹿雄看向本馆上面的鹭鸟，回答道。

回到鹭屋之后，鹿雄对老板娘告假说想稍微睡一会儿。突然感觉很困……他说。

雏步觉得，也许是因为累积了太久的疲劳和焦虑，都被道后的温泉水揉散开，全部释放出来了。

鹿雄平时胃口大得很，今天却连午饭都没吃，一直在房间里睡觉，到了傍晚才下楼来。他神清气爽，已经换上了制服，手里拿着军帽。

雏步在餐厅的一角摆了张桌子，正在制作庙会祭祀时用的纸垂。

鹿雄面对老板娘跪坐端正，在道过谢之后，表示要乘坐今晚七点的高速巴士回东京，然后直接归队。

"怎么？不是说请了两天假吗？"

鹿雄在早饭的时候，曾经说过请假的事，所以不只是老板娘，连雏步都觉得很意外。

"因为太担心妹妹,本来正在训练中,是硬请了假下来的。现在看来,把妹妹托付给大家,什么都不用担心。所以我可以安心地归队了。还有……"

鹿雄脸红了,垂下了眼睛:"如果再住上一天的话,我也担心,自己归不了队了。"

老哥……雏步觉得好笑,她笑了出来,但是同时泪水也涌了上来。

"舍妹以后就拜托您了。下次如果能请到假,我还会再来。"

"好的。雏步的事情请放心。也请鹿雄君随时过来玩。"

"谢谢。"

鹿雄深深地低头行礼,又转脸看着雏步。

"雏步。我把行李忘在二楼了,你帮我取一下好吗?"

嗯,好。雏步上了二楼,进了鹿雄用过的房间。

铺盖已经整整齐齐地叠好了,似乎也简单地打扫过。从小时候起就不喜欢扫卫生的人……雏步心中无限感慨,提起行李下了楼。

大开间里不见鹿雄和老板娘的身影。咦？雏步看了看四周，走到窗边，发现两个人正站在院子里。大概老板娘在带哥哥参观庭园吧。

但是哥哥好像很认真地在说着什么。老板娘眉头微蹙，认真地听着他的诉说，神态有些悲伤。

雏步对他们的谈话内容感到好奇，正要打开窗户。"喂，不要云妨碍别人的情事呐！"

背后传来一个声音。

身穿和服的大老板娘真雀婆婆探过身来，头越过雏步的肩膀望向窗外。

"你的哥哥阿鹿呢，为了跟老板娘表白，特意把你支开了。"

真雀婆婆像说悄悄话一样，在雏步的耳边小声嘀咕着。

"啊？怎么会……"

"你仔细看。阿鹿是不是很认真的样子？老板娘……我，喜欢你。"

真雀婆婆配合着院落里哥哥的口型，声情并茂地配着音。

"我对老板娘一见钟情。然后你看,老板娘在答复他哦。不可以的,鹿雄先生……"

庭园中,老板娘正在轻轻地摇着头,跟真雀婆婆的声音巧妙地契合在一起。

"我跟你,年龄差得太大了……不,年龄不是问题,我无法压抑自己的情感……"

雏步开始担心起来。真的吗?她狐疑地回头看着真雀婆婆。

"傻孩子!怎么可能呢?"

真雀婆婆恢复了平常的表情,身体离开了一些。

"客人快到了。别忘了,那些巡礼者、舟车劳顿的旅行者还在等着我们接待呢。雏步也到厨房去帮忙吧。还得给阿鹿做点好吃的才行哦。好了好了,快去,去吧。"

雏步被真雀婆婆催促着向厨房走去。可是,他们两个人到底在说什么呢?雏步心里还是放不下,但在厨房忙碌的工作中,她就把这件事忘在了脑后。

尚子正在剖鱼,濑户内海产的大鲷鱼,鱼骨略经炙烤,吊出鲜汤,与事先煮好的鱼杂汤一起放入大锅，焖鲷鱼饭。

用丹羽濑先生送来的红甘鱼做刺身；再用滨田先生和久里原先生送来的蔬菜，尾久村先生推荐的天然食品做炖煮；炸天妇罗；拌沙拉和凉菜；还有添加了米糕团子的汤菜。在徒步巡礼者、阿猪先生和明典带回来的旅行者以及鹿雄的面前，摆出了这样一席丰盛可口的晚餐。

到了出发的时间，鹿雄向鹭屋的每一个人表示了感谢。虽然是比较繁忙的时间段，但是鹭屋所有人都非常亲切有礼地回应他，并祝他健康顺利。飞朗刚刚实习回来，了解到情况，也跟鹿雄握手道别。

老板娘让雏步送哥哥到巴士车站。雏步跟在鹿雄的身后出了门，很注意地看了看道路两侧。她想送给哥哥一份礼物。哥哥不远万里地特意来看自己，她想用一份特殊的礼物来报答……雏步再次返身回到鹭屋，向阿猪先生如此这般地嘱托了一番。

因为没有太多时间，在去往巴士车站的途中，雏步带着鹿雄。只在参诣道的入口处，对着白鹭神的方向合掌祈拜。薄暮之中，白色的社殿看上去宛如一只身形庞大的鹭鸶正在张开双翼。

请保佑哥哥,守护他……

到了巴士车站,橘黄色的巴士车刚好进站。

"好了,阿雏,你要好好的。要注意身体。"

麂雄将手放在雏步的头上,与抚摸相比,倒更像是按住。

"有那样一位老板娘在你身边,我就放心了。但是,如果工作太辛苦或者学校不习惯——这种情况也许会有的——我们可以再考虑下一个安身之处,所以你要记住,不用过于忍耐。"

"嗯。但是,我没事。"

麂雄听到雏步的回答,点了点头,走到巴士旁边等待车门打开。

"阿雏!"

啊!终于赶上了……雏步一回头,只见小卷一路小跑着过来了。她身穿蓝色的条纹衬衫,米色长裤。完美。

"啊,赶上了。补习拖了一些时间,抱歉……这位就是令兄?"

常年坚持晨跑的小卷气息丝毫不乱，只是有几缕长发从脸颊披纷到嘴唇。她用纤细的手指将头发向后拢去，看着站在雏步身边的鹿雄。

"对，这是我的哥哥鹿雄。哥，这位，是刚才你见过的飞朗哥的妹妹，小卷姐姐。"

雏步回头看着鹿雄。

反应已然超出她的预期……鹿雄跟见到老板娘时一样，嘴甚至比那时张得还要大，像是已经失去了意识一般，怔怔地盯着小卷看。

雏步用手肘轻轻地撞了一下鹿雄的腰肋。

"啊！怎么？哦，啊，那个、早、早上好！"

鹿雄的视线在雏步和小卷之间来回移动，最后向小卷问候道。

小卷不由莞尔，回礼道："晚上好！"

鹿雄却根本都没有意识到自己说错了话，依然痴痴地盯着小卷。

"您要坐巴士吗？"

背后传来乘务员的问话。

"啊，是的。哥，巴士要发车了。"

"啊？哎呀……那个，我，也可以再住一晚，反正也请了假了……"

"说什么呢！你不是已经跟教官报告过了吗！"

鹿雄一脸懊悔地看着雏步，垂头丧气地向巴士走去。在开着的车门前，他突然转身，双手扶住身后的雏步的肩膀："听好了雏步，就算遇到什么难事，不管如何辛苦，也要挺住，一定要忍耐。不要哭鼻子，要乖乖地待在鹭屋，懂吗？"

"懂了。我会一直住在这里的，我保证。"

鹿雄点了点头，迈上巴士的台阶。

"小卷姐姐，能不能跟我的哥哥握个手？"

雏步回头请求小卷道。

"好啊！"

小卷大大方方地走上前来。

鹿雄缓缓地将脚从台阶上撤了回来，视线从雏步移向雏步的身后。兄妹眼神相撞的瞬间，雏步用目光问道：怎么样？老哥。鹿雄也用目光回答：你这个家伙，太够意思了！

"我想，您的工作也一定很辛苦，请注意身体。"

小卷向鹿雄伸出手去。

雏步飞快地从鹿雄的手上接过行李包。鹿雄在裤子后面擦了擦手心的汗:"谢谢!"

他先用右手握住小卷的手,马上又加上了左手。

"要发车了哦!"

巴士乘务员对他们说。

"好的,这就上车。哥。"

雏步催促着恋恋不舍的鹿雄,将行李包递了过去。

鹿雄心满意足地踏上台阶,将之前在便利店买好的车票出示给乘务员之后,又转过身来,打了个立正,行了个帅帅的军礼。

雏步挥着手,小卷站在她身边也挥着手道别。

看着眼前的画面,鹿雄一边保持着敬礼的姿势,一边低着头向巴士里面走去。哥哥的脸,现在一定烧得滚烫,雏步心想。

"阿雏。阿猪先生特意嘱咐我说,你要送哥哥礼物,让我马上过来……礼物送了吗?"

小卷问道。雏步深深地点了点头。

"送了。一份特殊的礼物。已经送出去了。谢谢你。"

"我?跟我有关?能见到你的哥哥,真是太好了。"

"有关系。非——常有关系。"

时间刚好七点,放生园的哥儿报时钟那里传来了擂鼓的声音。机关人偶又开始登台表演。只见表盘啪地一转,那个多娜多娜小姐,哦,不对,玛冬娜小姐出现了。与此同时,巴士也发动了。

在最后一排的车窗里,虽然逆光看不到脸,但是可以看到挥着手的鹿雄的身影。雏步双手齐挥。小卷也摇臂相送。

巴士从报时钟前面驶过。刚好轮到哥儿和老奶奶出来。

就像老奶奶之于哥儿……如果哥哥也能有一个让他归心似箭的地方,有一个他盼望见到的人……就是对哥哥最好的守护……雏步将挥着的两只手放下来,双手牢牢地交握在胸前。

四十

头晕目眩……雏步不止一次地这样想。

她的生活发生了令人难以置信的剧变。有鹭屋的信誉做担保,再加上舅父的协助,转学手续办理得很顺利,雏步已经转到了当地一所中学读书,从鹭屋步行过去,大约十五分钟的距离。在同一个班级里,有鸿野家的次子勇麒,还有由茉——那个给福驹,也就是若叶女士做助手、抱着三味线的女孩子。

由茉的父母都是非正式雇员,工作不固定,收入也不够稳定。而且由茉下面还有三个弟妹,所以日子过得有些艰难。家住附近的若叶看在眼里,有心相助,经常会找由茉做事,让她赚些零用钱。

勇麒和由茉大概被打过招呼,所以从转学第一天开始就主动找雏步说话,雏步很快就融入了新学校的生活,朋友圈也开始扩大。

雏步的学习相当落后,连九九乘法表都记不全,二十六个英文字母也不会写。因此,每天放学后,她都会到公民馆的自主学习教室去补习功课。

在那里,她又重新认识了磐户奏磨。磐户家经营着创立于江户时代的老牌旅馆磐户屋,奏磨是家中的长子。他缄口不提自己的事情,所以,勇麒代替他告诉雏步说,奏磨本来考取了四国地区最好的私立中学,但上到初二却突然休学,然后转到了勇麒他们这所公立初中,转学后也经常不去上课,而是到自主学习教室来学习。

一开始,只是雏步来这儿补习,教室的经营者朝川夫妇会教她一些基础的学习内容。但是勇麒因为一直参加学校的兴趣班活动,功课也不是很好,他和由茉都想考入学费相对低廉的公立高中,所以也需要补习。就这样,三个自小一起长大的小伙伴加上雏步,四个人都聚到了自主学习教室。他们将桌子并在一起,组成了一个学习小组,由奏磨负责指导功课。

在这个过程当中,雏步也学到了很多常用的词汇……原来,那个不是什么"秒钻",而是谬赞,指的是超出实际情况的评价……是可忍,孰不可忍,表示无法忍受到了极点,跟柿子和薯蓣都没什么关系……没有"无法纳豆"这种说法,而应该是无法纳受,不能接受……外星人不是意大利安,也不是维吉塔里安,不是素食主义者,更不是特雷比安,而应该是艾里安——alien……那个词不叫事后猪哥,而是事后诸葛……雏步被飞朗夺去的不是"哈给",而是 hug。

飞朗还没等到秋祭庙会结束,就把房间腾出来,让给了雏步。他将行李寄送到了宿舍,最终考试所必需的资料全部收存在笔记本电脑里。他说房间只用来睡觉,所以临时搬到了第二熟田津馆里,跟明典合住一个房间。

雏步每天的新生活作息都从早晨六点起床开始。洗漱之后换上训练服,跟小卷一起跑步到道后公园。虽然跑得比小卷慢好多,也经常上气不接下气,但是早晨的公园让人心旷神怡，园内的小溪中有苍鹭和翠鸟等漂亮的野鸟，感觉大自然触手可及。雏步也非常喜欢去抱抱那棵树，小卷和飞朗的父亲隼一最喜欢的那棵树。

从公园回到鹭屋，换好衣服就到厨房去，吃过早餐，就帮忙为住客的早餐摆盘和清理。之后由茉会过来接她，一起去上学。虽然学习进度落下很多，但是因为乐于与同学交往，性格阳光，为人坦诚，所以没有遭到嘲笑或者奚落。

转学之后第六天，在年级活动中，有一项内容是讲述自己未来的梦想。

利用这个机会，雏步将自己在刚入学做自我介绍时没有说过的事情也说了出来……遭遇天灾，失去了爷爷奶奶和家宅，父母下落不明，曾在亲戚家生活过一段时间，现在住在鹭屋，前些天哥哥还特意到松山来看望自己，一起去了道后温泉。而关于未来的梦想……雏步是这样说的："尽快熟悉工作，努力让自己做一个对鹭屋有用的人。然后，盼望爸爸妈妈早些回来，一家四口团圆，一起再到道后温泉去，这是我最大的梦想。"

同学们对雏步的发言报以热烈的掌声，真实的自己得到了大家的认可，雏步感受到被接纳的喜悦。

放学之后，雏步要在真雀婆婆的指导下，清洁白鹭神社的社殿，打扫参诣道。关于雏步的身份，身为白鹭神社祭主的真雀婆婆对她说："你现在是侍奉白鹭神的巫女，要恪尽职守，用心做事。"

她本来还纳闷刻金的手是什么样的手，但很显然，自己又搞错了。

白鹭神社的工作结束之后，雏步就去自主学习教室，跟由茉和勇麒一起，由奏磨来辅导功课。学习结束之后回到鹭屋吃晚饭。三个小伙伴跟她一起吃晚饭的频率也增加了。他们都说，鹭屋的饭菜比家里的好吃太多太多。奏磨在磐户屋经常有机会吃到美味的料理。可他依然表示，鹭屋的料理将食材的优点最大限度地发挥了出来，这一点无人能及。

吃过晚饭，雏步送走他们三人，就到厨房去洗碗碟。将热饴汤和乌龙茶灌入热水瓶，再送到鸡太郎爷爷的帐篷里，也变成了雏步的工作。

烤馒头是石手寺旁边的一家店烤制的，通常会在傍晚送来。鸡太郎爷爷一直守到早晨，之后会去椿之汤泡温泉，在中午之前回到帐篷就寝。雏步前些天在帐篷里换巫女服装的时候，刚好就是他去泡温泉的时间。

所有事情做完了之后，雏步会和小卷、花凛一起去椿之汤泡温泉，聊一些女孩子之间的私密话，享受一段轻松快乐的时光。玛利亚一般会和家人一起，而尚子总是一个人去泡温泉。

飞朗和阿猪先生、明典也会结伴去椿之汤，最近还会约上很多其他的伙伴。好像因为庙会祭祀时与大神轿相关的一些事，要在一起开会讨论。

幸男会在很晚的时候到鹭屋来，泡室内温泉。老板娘和真雀婆婆会在入住鹭屋的客人和幸男用过温泉之后入浴，并顺便做清洁，似乎那就是老板娘她们一天工作的终结。

新的生活节奏忙忙碌碌，却又让人感到内心充实，当雏步的身心已经适应了这一切时，也迎来了秋祭庙会的日子。

四十一

怎怎怎么回事……眼前的情景让雏步分不清自己是觉得惊讶，还是困惑，或者说震撼……总之，她变得慌乱起来，甚至感觉有些害怕。

时间是清晨五点半，天还没亮。

大约三十分钟前来到看台时，已经有很多人聚集在了站前。这个临时看台是用钢管等材料架构而成的，可以俯瞰道后温泉车站的整个站前广场。广场上灯火通明。没想到天没亮就已经有这么多人出来……雏步慨叹着庙会祭典的人气之旺，自己也受到感染，跟着兴奋起来。

然而，不过打了两三个哈欠的工夫，就见人们从这里，从那里，不知从哪里，总之从所有的方向铺天盖地一般聚集而来。以为已经到了极限,人却仍不断涌现。站前自不必说,而商店街入口到放生园之间也人满为患,人潮蜂拥在伊佐尔波神社通往车站的道路上,很多警察在维持秩序。站前周围房屋的窗户都敞开着,人们迫不及待地从窗户里探出头来,视线的焦点全部集中在站前广场的位置。

看台的正面,停着一辆大型运输车,车斗的侧挡板已经放下,成为一个临时舞台,一个看起来有些面熟的伯伯——鹭屋的会计师挂河先生——站在台上,身穿祭典服装,手握话筒。只听他播报道:"八町八体神轿,已经在伊佐尔波神社、汤神社纳入御灵,现在,进入到出宫的最后准备阶段。"

人群中发出一阵欢呼。

雏步听由茉、勇麒、奏磨他们说,秋祭庙会要进行三天。

第一天叫作宵宫,八个町区的八顶大神轿要从神社出发,在各自的街区内巡游之后,于晚上七点半左右,汇集在道后温泉车站的站前广场,进行彩排式的小型撞轿表演。表演结束后,分别入宫至伊佐尔波神社和汤神社，第二天，各大神轿要举行重要的敬神仪式——纳入神体。

第三天叫作本宫。这天才是正日子。黎明前，八顶大神轿分别从两座神社出发，到达道后温泉车站的站前广场，从六点左右到八点前后，在广场举行撞轿仪式。现在聚集在站前周边的人都是来观看撞轿的。

撞轿一词，雏步来到道后之后数度耳闻。但具体是什么，她一直不太明白。之前，她特意向三个好朋友请教。

八个町区的大神轿，都是最传统的四方形神殿构造。在庙会祭典开始之前，汤之町大神轿曾安放在商店街入口的位置，雏步也曾目睹，感觉比家乡的神轿还要大上两圈。大神轿装饰得金碧辉煌，特别是雕刻的花纹十分精美。

"撞轿，或是两台大神轿各据一边，拉开五到二十米的距离，轿体相向，保持在同一水平排好。等听到号令就开始奔跑，猛力相撞……简单来说，就是这么回事。"

听了勇麒的解释，雏步觉得确实很简单……但是也很野蛮呢！

"抬大神轿的那些抬手，叫作担夫。他们抬着大神轿相撞之后，会有很多人从后面一起用力推大神轿，那些人叫作推手。乘在大神轿上面，指挥大家起跑冲撞的，叫乘手。这些参与神轿活动的人加在一起，统一被称为神轿守护者。"

奏蓊在一旁冷静地补充说明道。雏步听了不由得紧张起来：哇，动真格的呢……

"在相撞之前，双方的神轿守护者会相互瞪视，互相挑衅叫嚣，大喊着'放马过来''来啊来啊'什么的，那是我最喜欢的一个环节。"

由茉性格沉稳，平常讲话也是慢吞吞的，可是一说到庙会祭典，就兴致高涨，非常健谈。每年三月的春祭庙会，会有专门由女性担抬的"玛冬娜神轿"出街，由茉也是其中的成员。另外，所谓"放马过来"……没想到，由茉会喜欢这种调调。雏步对好朋友这个深藏不露的嗜好感到好奇。

"汤之町的通常做法是，在喊过'放马过来'之后,担夫们就抬起大神轿,待乘手砰地一下敲击轿顶,大神轿就会狂奔出击……"

勇麒将双手握拳相撞,发出咯噔的声响。

"相撞之后,推手就会从后面用力推,如果能让对方的大神轿沉降在自己的大神轿之下,或者把他们逼到后退,就是胜利。要将八町八体分成赛组,上半场赛四组,下半场也有四组。"

与勇麒粗枝大叶的说明相比,奏磨的解说永远显得那么冷静。

"两体大神轿相撞之后,损坏是必然的。修理就是我老爸的工作了,因为修理比较费时,所以宵宫那天只是预演。最最正式的撞轿,还得是第三天的本宫啊。"

"大致就是像勇麒说的那样,但是,如果用体来做量词,一体两体地来数神轿,是在纳入神体、成为神明所乘之物之后。在本宫那天,说一体大神轿、两体大神轿是没问题的,但是宵宫那天,因为还没有纳入神体,所以我觉得要称为一顶两顶才对。"

那个没所谓的吧,勇麒不以为然。但是由茉却赞同奏磨的意见，她说，如果与神体有关，那么量词的使用应该是很重要的。

三个人已经看过很多次撞轿了。雏步当然是第一次，所以只能凭借想象，日益丰富的想象甚至让她感觉，撞轿的瞬间会是大爆炸一般的场面……她急不可待地想看到撞轿，就算是一顶两顶的宵宫那天也好。

然而在宵宫那天，白天还只是阴云遮日，到了傍晚却突然下起了大雨。电闪雷鸣之中，为安全起见，人们早早就将大神轿抬进了神社中，就这样，今年的童轿只有在本宫这天才会有。

天气从昨日开始恢复，雨也停了。雏步穿着鹭屋的浴衣，外面只披了一件鹭屋的法披，衣着单薄，但人潮的热气已经让她感觉足够温暖。

"阿雏，我感觉好兴奋哦！"

坐在左侧的由茉弓起身体做出颤抖的样子。她穿着一件若叶借给她的浴衣，外面的法披上白底黑字，写着"汤之町"的字样。她的肩臂贴着雏步，大概是体形丰满的缘故，感觉暖乎乎的。

"可是,由茉已经看过好多次撞轿了,不至于吧?"

雏步觉得对方的兴奋有些不可思议。

"无论看过多少次都会感觉兴奋哦。首先,我还是第一次坐在这种特等席的位子上观看呢。"

这样啊……雏步再一次认识到,能坐在看台包厢里观看生平第一次的撞轿仪式,是多么幸福的一件事。

看台座位有一百五十个左右。据由茉介绍,一般都是用来招待对町区和庙会祭典活动有贡献的人,以及县知事、市长、各界名流和来自海外的贵宾等,不对一般民众开放。所以,雏步本来也是没有资格坐的,但是——

"你将两位徒步巡礼者送到了石手寺,这是给你的奖励。"

就这样,每年都会被邀请上看台的真雀婆婆,将自己的座位让给了她。

本应跟真雀婆婆并排就座的,是右边那位前帮派成员——文叔。不过他在雏步他们到来之前,就一直俯身趴着睡觉。

"由茉，雏步，你们冷不冷？"

坐在由茉左手边的若叶女士问道。哦，不对，一早就穿上这么漂亮的和服，头发也梳得精致典雅，听由茉说是要招呼客人……所以，应该叫福驹女士才对吧。

"那边那个孩子，就是鹭屋新来的女孩子吧？听说在做白鹭神社的巫女，很得真雀的喜爱。"

坐在福驹左边的一位长者将视线投向雏步。他身穿和服，银发皤然亮泽，面相威严，目光沉稳。他是磐户屋的会长，也是奏磨的祖父。福驹要接待的客人就是这位会长先生。会长特意为福驹多准备了一个座位，让她可以带一个助手。福驹感念由茉平日为家人做出的努力，就把她叫了来，算是对她的鼓励。

"啊……请多关照。"

雏步不知该如何回应，赶忙先低头行礼。

"奏磨也多亏你的关照啊。我感觉，最近那孩子比以前开朗多了，或许就是你的功劳。谢谢你。"

"没没没有……彼此彼此,奏磨也教我很多功课,我很感谢他。"

雏步又一次低头行礼。会长神态温和,但年龄赋予的稳重格调,在他的周围形成气场,威仪凛然,让人自然而然地拜服其下。

"说起来,鹭屋的飞朗要担任汤之町大神轿的乘手?"

会长问福驹道。

"是啊。他保证说,会让我们看到精彩场面。"

"噢,令人期待啊。福驹跟飞朗从小一起长大的吧?难道,是初恋?"

"哎呀!不愧是会长,什么都逃不过您的法眼。"

福驹女士,哦,不对,这时应该叫她若叶女士才对吧……一点都没有害羞的样子,很坦率地回答道。雏步心里突然咯噔一下。

"但是,我被甩了哦!"

"噢,要是这样的话,那家伙真是不懂得珍惜哟!"

"是不是?会长去骂他好了。"

"嗯，回头我去训他。话说回来，福驹如果辞职虽然很可惜……但若是能嫁给飞朗，成为鹭屋的下一任老板娘，我倒是很期待哦！"

什什什么？不会是认真的吧……若叶女士嫁给飞朗哥。下任老板娘……雏步生怕漏掉一个字，她尽力屏蔽掉周遭的嘈杂，竖起耳朵听着旁边的对话。

"一点可能都不会有。就算是能嫁给飞朗，我也没有本事接任鹭屋的前任、现任老板娘的工作啊。"

福驹或者若叶女士迟疑了一下之后，非常干脆地说道。

"唔，是吗……"会长淡然微笑，言语含混起来。福驹没再说下去，她的脸上浮现出平静的笑容，视线向前方望去。

雏步感觉自己好像闯入了成年人谈话的领域之中，不知有几分应该当真。这时，由茉凑过脸来，挡在雏步的面前："哎，阿雏，听说大家请你上轿，你拒绝了，是真的吗？"

四十二

雏步学着会长先生的样子，唔……言语含混起来。

"为什么呀？你不是很想上吗？你还说过，你的爸爸曾经答应让你乘上神轿，你还特别期待，对不对？"

雏步曾经对由茉他们三个人讲过，在受灾之前，爸爸曾经答应让自己乘上神轿，这件事最后没能实现，她觉得特别遗憾。当时，三个好朋友告诉她，宵宫那天，汤之町大神轿会踩街巡游，打好招呼的话，应该可以上轿体验一下的。

事实也确是如此，宵宫那天，因为大神轿尚未纳入神体，所以很多人，当然也包括女性，都乘了上去。似乎是作为一种谢礼，感谢大家平日里对神轿的供养……被准许乘上神轿的人，要脱去鞋子，背对着轿体站在轿梁上，然后，担夫们就会喊起号子"嘿呦嘿呦"，左右摇晃着起轿。安装在大神轿上的铃铛丁零零地响，伴着气势恢宏的号子声，祝愿生意兴隆，福气满满。小孩子或者婴儿，可以由大人抱着上轿。

在汤之町大神轿的担夫中，有飞朗、明典，还有勇麒和奏磨。所有人都是一身黑衣黑裤，外披白色号衣，号衣上写有"汤之町"的字样，以与其他团队区分开。阿猪先生作为训练指导站在一旁。雏步在鹭屋的玄关前曾经看到他们的英姿，当时，他们七嘴八舌地邀请她上轿：雏步姑娘，上来上来，雏步，想上尽管上，蔻伊小姐甭客气，上轿吧……

但是，雏步拒绝了。不用了。这次就不必了……下次……嗯……

为什么会拒绝，连雏步自己也不明白。

只是模模糊糊地觉得不对劲，觉得不应该是这样的……

她很小的时候……如果听说可以乘上神轿，欢天喜地还来不及，哪里会有任何杂念。但是……爷爷奶奶遇难，房子也被冲走，爸爸妈妈下落不明，与哥哥分隔两地……来到鹭屋。这一系列的经历改变了雏步。她已经跟当年的自己不一样了。也许正是因为不一样，乘上神轿的"意义"也发生了变化。那么，如果问她这个"意义"究竟是指什么，她自己答不上来。

"阿雏，为什么要拒绝啊？勇麒和奏磨也觉得好奇怪呢！"

由茉追问道。

雏步无法继续沉默下去，只好回答她说："太突然了，在那么多人面前，又有点不好意思……所以就决定不上了。"

"哦……那你不觉得可惜吗？"

"嗯，我想还可以等下次机会。明年不是还有吗？"

没错，明年，将来。如果还在这里，还在鹭屋的话……

在身边睡着的文叔突然醒了："哦……马上就要开始了！"

文叉向前探出身体，眼睛朝着通往伊佐尔波神社和汤神社的坡路上望去。

雏步也跟着他看过去，夜幕依然低垂在周边，但坡路之上，似乎有几个亮点在摇动，白色的布帛四下飘舞。

"道后，八町八体出宫仪式，现在开始——"

挂河先生的声音通过麦克风传了出来，人群中响起一片掌声和欢呼声。

被灯光照亮的参诣道上，二十几位气度不凡的男士正在向这边走来。他们的和服或西装上衣外面，全都披了件祭典法披。主持人正在介绍他们，其中有负责出宫仪式的、被称为总代的人物，还有市长以及八个町区的祭典负责人。

"感觉，好有气势啊……"

由茉对雏步说道。男士们步履坚定，气质沉稳，确实带着股不怒自威的气势，有些令人生畏。

"走在最前面的，是八町会的总代仁志冈先生。雏步小姐在鹭屋，多少也会受到他的关照。"

福驹靠过来对雏步说道。雏步也曾经从飞朗和阿猪先生那里听说过仁志冈先生的名字，据说是庙会祭典的总负责人。她本以为是个很可怕的人物，但是看最前面的那位伯伯……中等身材，和蔼可亲。不过，亲切却不失威严，和蔼之中还隐隐透出一种因情怀深广而令人折服的风范。

"一号神轿入场。现场的各位观众，请将参诣道和中央马场的空间让出来。"

挂河先生的声音通过麦克风响起。人们伸长脖子踮起脚，目光齐刷刷地投向正准备入场的大神轿。

"嚆！汤之町大神轿打了头阵！"

文叔说道。怎么知道的？大神轿的影子明明还在远处……雏步拼命地集中视线望向前方。

"今年的一号神轿，是汤之町大神轿。"

随着主持人的介绍，一体大神轿清晰地出现在视野中，越来越近。

担夫们架着原木的抬杆。神轿的轿体上蒙着红布，轿顶装饰着一只金色的凤凰。而在抬杆上站定双足，双臂交抱的……是一位穿着一身雪白的衣裤，外披藏蓝色法披的大叔。

"怎么不是飞朗哥呢？我听说他是乘手来着。"

由茉发出疑问。

坐在雏步身边的文叔开口说道："飞朗是撞轿时的乘手。出宫的时候，要由大总管，也就是大神轿的首席负责人乘轿。"

原来是这样啊……雏步又掌握了一个新知识，也来了兴致。

"哦，接下来这个，是道后村的大神轿。"

文叔看着距离尚远的大神轿的轮廓，嘴里念叨着。

"请问……那么远，您也能看出来是哪里的吗？"

雏步忍不住问道。

"是啊，这些神轿，各有各的特征哦！"文叔点点头回答她，"无论哪个地区，哪台神轿，都有它自己的个性、特点。是大家所公认的一些特征。而且，每一台都很漂亮。从某种意义上来说，跟人是一样的。瞧，接下来是大唐人神轿。"

之后，每当看到新入场的大神轿，文叔都会告诉雏步它们所代表的各地区的名字，筑山、小唐人、北小唐人、持田联合、沟边町……

　　八体大神轿全部入场之后,在马场上一字排开。担夫们一齐摇动着大神轿,将其缓缓抬起,挑起全场的热烈气氛。场面震撼,激动人心。雏步回过神来时,发现天已经亮了。

四十三

八体大神轿暂时退场，运输车车斗搭成的舞台上，正在按照顺序进行开场发言和祝酒等仪式。仪式结束后，撞轿仪式终于要正式开场了。

被叫到名字的二町二体大神轿，在号子声中威风凛凛地入场。除了担夫，还有跟在神轿后面的人，看上去足有两百人以上。

"小卷丫头，你知不知道什么叫耳持？"

虽然无比荣幸，但很显然，文叔又把自己当成小卷姐姐了……雏步摇了摇头。

"不知道吧。耳持啊，是指撑着大神轿的台座、握住轿檐下的装饰绳、引导大家直冲向前的那个角色哦。在相撞的瞬间，他需要使出全身的力气把轿檐向下拉，让这边的轿顶插到对方的轿顶下面。这样，双方才能实打实地对撞起来。这个耳持，直到相撞前的一瞬间，都要站在与对方大神轿迎面的位置，所以，有时就会被夹在中间，经常会受伤。汤之町今年应该是由明典来担任耳持。"

啊？被夹在大神轿之间？……雏步光是听就觉得瑟瑟发抖。

"大神轿前方抬杆的担夫，叫作前棒，后面的叫后棒。再加上推手和负责指挥的乘手……大家如果不能齐心合力，不仅赢不了比赛，搞不好还会受伤。认真看，好好欣赏吧！"

双方的大神轿之间，空出了十五米左右的距离。从雏步的方向看过去，左侧的神轿守护者们高声喊着"放马过来！"，而右侧的神轿守护者们也不甘示弱，大叫着"来啊来啊！"，双方相互叫嚣，好不热闹。紧接着，左边的大神轿被抬了起来，找好撞击的角度。右边大神轿的担夫们嘿嘿呦呦地喊着号子，晃动起抬在肩上的大神轿，在一个光头乘手发出号令之后，奔跑起来。左侧的大神轿也在担夫们的呼叫声中迎面冲去。

啊……雏步和由茉都不自觉地站起身来。

接下来的瞬间，只听得一声巨响，两体大神轿轰然相撞。三位乘手被震掀在半空。只有那个光头表现得十分冷静，他伸手扶住险些掉下去的同伴，指挥着轿夫们："推！"差点摔倒的对方乘手也赶紧恢复了站姿。

怒吼声和指挥声交杂在一起，推手们开始各自在后方推抵大神轿。光头的手势和身体动作越发勇猛，渐渐地，右边的大神轿取得了优势。对方的神轿守护者虽然还在拼命抵抗，但是胜负已经显而易见了。

在雏步他们的前面，八町会总代仁志冈先生站在较高的位置，可以俯瞰整个马场。他手拿话筒，喊出了获胜一方的町区名字，又粗声大气地发出指令："担夫后撤——担夫后撤——"此时，已成凌驾之势的获胜方如果不后退的话，沉降下去的那体大神轿的担夫就会比较危险。

"后撤！快分开！避免受伤！"仁志冈先生发出

的声音犹如神谕，最终传到了神轿守护者那里，光头乘手发出后撤指令，语气坚决，双方终于分开了。

哇……雏步瞪大了双眼。她不仅被眼前的壮观场面震撼到，也为自己体内涌起的一股崭新的兴奋而感到不可思议，同时又觉得痛快不已。

双方的大神轿退场，接下来的二町二体开始入场。

这次两体之间的距离更宽，大概有二十米以上。

要先选好角度吗？难道让大神轿倾斜着跑这么长的距离？雏步感觉难以置信……但却见乘手在大神轿上挥动着手臂，高呼着："前进——"与此同时，担夫们扛着大神轿直冲向对方，在几乎正中的位置，双方的轿顶撞在了一起。

三位乘手虽然身体一度失去平衡，但依然留在了大神轿之上。其中一个大概因为手没抓牢，栽倒在担夫们的身上。神轿守护者们马上将他推了回去，但或许是由于这个细节的影响，这次的战斗速战速决，后撤的指挥声骤然飞起。

第三场，大神轿之间的距离比之前两场都要短。这也算是一种个性吧？两体大神轿不是靠激烈撞击的瞬间产生的惯性决胜负，而是在各自的轿顶相撞之后，通过推抵对抗，进行一场力量的角逐。

双方相互角力，胶着了一阵，时进时退，突然之间失去了平衡，只见两体大神轿一边向左旋转，一边朝着观众集中的参诣道方向崩塌涌去。

维持秩序的管理者们大声喊着："回去！回去！"观众们惊叫逃散。千钧一发之际，两体大神轿终于稳住了态势，开始向相反方向旋转，展开又一轮对战。最后裁判判定，这场比赛打了个平手。

上半场的最后一组撞轿，终于轮到汤之町大神轿闪耀出场。

乘手中可见飞朗的身影。他穿着一身黑衣裤，外披一件衣摆很长的纯白色法披，站在大神轿的轿顶，对着担夫们大力挥手，清晰地发出指令。只见他神态威凛，甚至有点可怕……飞朗哥，超帅的！

"飞朗！"

福驹双手圈成个喇叭拢在嘴上，大声呼喊。因为有距离，周围又很嘈杂，所以声音很难传到。但就算是知道对方听不到，也会忍不住叫出声来。看到飞朗的飒爽英姿，雏步对此也感同身受。因此，虽然不敢大叫……她依然轻声在嘴里念叨着："飞朗哥！"

"阿雏，勇麒和奏磨到推手的后面去了。"

由茉用手指着汤之町神轿守护者那一群人。事先她们也听说，两个男孩子因为还是初中生，所以在正式撞轿时会去后面做推手。

文叔刚才介绍的那个最危险的耳持位置站着的，正是明典。而除了飞朗之外，还有一名乘手，是一个精壮的年轻人。

"飞朗对面的那个乘手，是挂河先生的外甥裕介。他跟着挂河先生，一直参与祭典活动的各种准备，所以就把乘手的任务交给他了。"

由茉在一旁说明道。据说，只有长年对祭典活动有贡献，深得神轿守护者信任的人，才有资格做乘手。飞朗也是从小就参与祭典活动，即使去了东京，也一定会赶在庙会祭典的时候回来，接下很多既危险又烦琐的工作，所以才被选为乘手。

"喂——汤之町——使出全力来啊——你们能

行——拿出本事争口气!"

一个有些耳熟的声音从下面的马场传来。

咦?怎么回事?雏步看了看身边,座位空着。她又望向马场。只见文叔不知什么时候已经下去了,阿猪先生正在指示他后退一些,以免受伤。

神轿守护者们互相瞪视,兴奋涨到了顶点,突然,全场流过一瞬间的静寂。

开始了……由茉低语。来了……雏步也感觉到了某种气氛。

乘手飞朗和裕介目光对视了一下,发出指令:"出发!"与此同时,砰地敲击了一下轿顶。以此为号,只见担夫们扛着大神轿冲将出去,对方也狂奔过来。耳持明典在两轿相撞之前,牢牢地抓住缠在大神轿边沿的绳索,双脚悬空,用全身的力量猛然将大神轿的轿檐向下拉低。

接下来的瞬间,两体大神轿的轿檐激烈地对撞到一起,发出惊天的巨响。飞朗和裕介侧身站立,将重心放低,由于冲击力,身体不由自主地向对方神轿倾去,不过对方乘手也采用了同样的姿势,所以双方的身体侧面撞到一起，避免了被撞飞出去的危险。

双方的推手都在从后面用力推挤着撞在一起的大神轿。在雏步看来，就像是暴虐的大海激起巨浪，两体大神轿乘着海浪在左右摇摆。

飞朗他们继续敲击轿顶，手臂剧烈摆动，大喊着："用力推，再用力！"激励着神轿守护者。神轿守护者们也高声呼叫着，用力推抵着大神轿以及队友们的后背。

双方的力量角逐极具美感，僵持不下，一时难分胜负。

突然，不知是由于汤之町这边的力量有了些微的增强，还是因为对方出现了受伤等突发状况……从雏步这边看起来，汤之町大神轿的轿顶高起来一点点，对方的则开始下沉并后退。

正在这时，传来仁志冈先生的命令：ّ汤之町后撤！让担夫后撤！"飞朗和裕介手臂开始向相反方向摆动，号令神轿守护者们后退。交缠在一起的双方逐渐分开，刚才混作一堆的人潮现在分成了两堆。

汤之町大神轿的神轿守护者们欢呼雀跃，庆祝着胜利，文叔也在一旁用力鼓掌称赞。飞朗高举拳头，充满自信地引导着大神轿返回等待位置。撞轿代表着一个地域的骄傲，胜利的意义非常重大。

而雏步却从撞轿中感受到一种东西，一种已经超越了胜负的精神。通过人类所拥有的全部能量的相互碰撞，汲取对方的力量，将生命提升到更高的境界……或者说，通过以超越生命极限的气势互撞，为生存本身而欢庆，而喜悦，向天神献上感恩之心。

"……想上。"

"什么？阿雏，你刚才说什么？"

"我想登上大神轿……我想做一名撞轿的乘手。"

大家加油应援的声音刚刚停歇，所以雏步的声音不仅传到了由茉的耳中，也传到了福驹和磐户屋的会长先生那里，三个人的视线齐刷刷地看向雏步。

四十四

"哎呀,真勇敢啊!"

福驹笑着说道。

"可是阿雏,女孩子不能成为大神轿的撞轿乘手呀!"

由茉大概以为雏步是因为不了解祭典活动的规则才会这样说,耐心地对她解释道。

"嗯,我知道。"

我知道,但是……

"飞朗呢,又那么帅。"

确实像福驹女士说的那样,飞朗哥很帅,英姿勃勃,令人神往。但是……

"确实。但是……在撞轿时,如果身处正中心,就能够获得非常非常大的力量……那个渺小的自己，会在相撞的瞬间消失，在互相推抵之中……我，我说不清楚那种感觉，就像是，揉橡皮泥一样，有另外一个自己，或者说，一个全新的自己被塑造出来……也许，那时就能够理解一些东西，比如生命存在的意义之类，我就是有那样的感觉……"

在一种奇妙的心态下，平时几乎没用过的一些词汇，尽管不是那么熟练，也磕磕绊绊地从嘴里冒了出来，雏步突然不知道自己在说些什么，猛地停了下来。

由茉和福驹也是一副不知该如何回应的样子，沉默着。

"难怪……现在，我有点明白真雀为什么会选你做巫女，为什么会那么疼爱你了。"

磬户屋的会长先生仿佛在自言自语。然后，他稍微转过身子，那姿势不只是对雏步，也是对着福驹和由茉："撞轿仪式，原本并不是为了争输赢，决胜负。有一个词叫作振魂，或者叫振御魂，是代表摇动之意的振，加上灵魂的魂。在扛起神轿前进的时候,担夫们不是有一个摇晃神轿的动作吗?嘿呦嘿呦地摇晃,那个被称为基本振魂。意思是将御神体摇醒,提高神灵的活力。撞轿则是振魂的一种更为激烈的表现形式。通过神轿之间的撞击,让神灵更加兴奋起来,提振灵威,驱魔辟邪,祈愿人类安康、五谷丰登、渔业兴隆、城市发展。所以……刚才你所说的,是有道理的。在撞轿的最高潮时,也许能够理解生命存在的意义……那应该不是一般的神轿守护者能够体会到的境界了。你这样的孩子,真是人中麟凤啊!"

会长先生的话有点让雏步费解。她似懂非懂地听着,直听到人中麟凤,心下更是一惊,马上转过脸来小声问由芙:"由芙,我的脸色很难看吗?"

"为什么这么问?"

"说我什么终什么临的,临终不就是快要死了的意思吗?"

由芙眨了眨眼睛。

"阿雏,那个叫人中麟凤,是说你很棒,很不一般,是在夸你呀!"

呃……雏步难为情起来，不敢抬头去看会长先生和福驹女士那边。

幸好由茉的一个提议救了自己："哎，现在中场休息，要不要去飞朗那儿瞧瞧？勇麒和奏磨见到咱们也一定会很开心的。"

"好，走啊！"

雏步拉着由茉从座位上站起身来。

"向大家转告我的祝贺，告诉他们，下一场也要加油哦！"

咛着福驹的叮嘱，雏步和由茉一起从看台上下来了。

马场里人员混杂，雏步和由茉手拉着手分开人群，向巴士站台的方向走去。在一片宽敞的空地上，停放着汤之町大神轿。神轿的周围，是汤之町神轿守护者们兴奋的身影，大家正在享受着撞轿的胜利带来的喜悦。

阿猪先生和文叔，正在和滨田、丹羽濑一起兴高采烈地交谈。旁边，尾久村和久里原正在称赞明典。乘手裕介在和自主学习教室的朝川老师以及幼儿园的横多先生聊着天,最里面可以看见勇麒和奏磨的身影。他们俩在和另外两个人说话,像是同学,穿着便服没穿号衣。虽然看不到那两个人的脸,但是勇麒和奏磨的表情非常认真,并没有像其他神轿守护者那样眉飞色舞,感觉有点奇怪。

"啊,飞朗在那里。阿雏,咱们去那边。"

由茉拉着雏步向另一边走去,只见飞朗被年轻的神轿守护者们包围在中间,好像在总结刚刚结束的撞轿,为下一场比赛讨论战术。气氛热火朝天,雏步和由茉就在人圈的外围等着,飞朗注意到她们:"哟,雏步,由茉,怎么了?"

"太帅了!"

由茉快人快语。在雏步眼里,敞开黑衣露出胸膛的飞朗实在令人目眩,只在口中小声咕哝了一声:"……真棒。"

"因为有胜利女神在看,所以我们才能赢哦。"

飞朗回说。

"那位福驹女神啊,让我转达她的祝贺,还让您下一场继续加油。"

由茉不忘传话。

"嗯,请你们代我谢谢她。不过,我说的胜利女神,是你们哦!"

呀!由茉开心地提高了嗓音,但雏步连个呀字也说不出来。正在这时,只听身后传来一个声音:

"喂,鸠村雏步。"

叫的是她的全名。在道后,大家都叫她雏步或阿雏,在学校则只叫她的姓,所以她觉得有些奇怪,回过头去。

啊……是舅父家的两个孩子。大的是年长自己三岁的文彦,小的是跟自己同岁的玲次。在他们身后,是神色显得有些怪异的勇麒和奏磨。看来刚才跟他们说话的,正是眼前的哥俩儿。

"啊,早上好。以前承蒙关照。"

雏步搬来鹭屋时,没有机会向二人正式告别,所以她现在垂首致谢道。

"喂,你为什么要撒谎啊!"

玲次突然发难。雏步住在舅父家的时候,他们俩基本上只称呼她"喂",偶尔在学校有事的时候,就会叫她的全名。

撒谎？什么意思？雏步的目光在玲次和文彦的脸上轮流移动。

"我们跟勇麒也有亲戚关系，以前就有来往。"文彦歪着头指了指身后的勇麒，"所以祭典的时候经常会来应援……刚才我问勇麒认不认识你，才知道你们原来是同班同学，吓我一跳……然后，听说了你对大家说的话，更吓了我一大跳！"

雏步看着勇麒和奏磨。他们俩也是一脸为难的样子。

"为什么要撒那么奇怪的谎呢？"

玲次又一次责问。

"撒谎，是什么意思？"

雏步摸不着头脑，回问道。

"就是你父母的事情啊！你说他们下落不明？还说等他们哪天回来了，就一起去泡温泉？在大家的面前，你是这样说的吧？"

"是啊……"

"那怎么可能呢？你的父母已经死了呀！"

玲次的话音突然像是发自一条隧道,带着一种奇妙的回响。

"在被冲到海里的汽车中,发现了他们俩啊。"

文彦的声音也,不,应该是比玲次的声音更加扭曲,嗡嗡地在隧道中撞出回音。

怎么会……不要胡说八道……你们什么都不知道。

雏步的声音也奇怪地变得朦胧起来,她甚至搞不懂,自己的耳朵有没有听到从自己的嘴里说出来的话。

"怎么是胡说八道呢!大家都一起参加葬礼了,对吧哥?"

"嗯,那时候外公身体还好,所以我们家六口人全体出席了葬礼。据说腐坏变形太严重,没有看到棺木中的样子,但是火葬之后,大家一起收集了遗骨和骨灰……你当时看上去状态不太好,就跟玲次在其他房间里候着。但是,两个骨灰盒,你跟鹿雄一人捧着一个,直接埋到鸠村家族的墓地里了啊。"

不对……胡说……你们说的是偶人吧。因为还没有发现爸爸妈妈，搜寻也比较困难，所以暂时用偶人代替，埋到了墓地……因为，我根本就没看到爸爸妈妈啊……绝对没看到啊……

雏步看着周围。大家的视线都集中到她这里。刚才还在开开心心地聊着撞轿话题的人们，表情僵硬了起来，沉默着，看着雏步……她感觉他们像是在谴责自己。原来你撒谎了啊，你是个撒谎精啊……雏步感觉，连那些在鹭屋曾热情接纳过自己的人，都在用一种严肃的表情看着她。

旁边就是由茉。她睁圆了眼睛盯着雏步。勇麒和奏磨好像要开口说什么，他们正在向这边靠近，犹犹豫豫的身影进入了雏步的视野。

说谎的是你吧，因为被冲到海里，时间也隔了很久，所以，鹿雄只是考虑到你的感受，才故意不让你看的……可是你为什么要撒那种谎呢！

不知是玲次还是文彦的声音，依然带着那种奇怪的回响，在耳边嗡嗡轰鸣。正在这时，一个锐利的声音插了进来，像是要把这种令人不快的回音切断：

"住嘴！你们不要再说了！"

一个熟悉的声音，但又与往常截然不同。雏步回头望向发声处，是飞朗哥。

飞朗的目光是那么温柔。似乎隐约含着泪光，眼眸发亮。

"雏步……"

飞朗的声音中带着安慰。

突然，雏步心中一直拼命维系着的某个东西……对，是那个神轿的装饰绳……在河里发现的已经被撕扯得破破烂烂的装饰绳……将雏步的心连接到过去的那条大红色的绳索，砰的一声崩断了。

雏步！阿雏！雏步！

呼喊声从身后传来。但是她把它们都抛在了身后。

眼前有一只巨大的白鹭正在张开双翼。她要飞到它的身体里去。

她爬上台阶，打开门，一头闯进黑漆漆的房间，双手在背后牢牢地关紧门扇。外面的声音远去了，光线也只能透进来一点点。她感觉自己被保护在鹭鸟巨大的身体里，腿上突然泄了劲儿。雏步蜷坐在地上……力量仿佛从身体里慢慢抽掉一般,她瘫倒下来。

　　救救我……雏步的嘴里不自觉地发出声音。救救我……

四十五

雏步……雏步……

似乎有声音从遥远的地方传来。

雏步……你还好吗?有没有受伤?

话语声像是隔着一层水膜,不是那么清晰。但是雏步知道那是谁的声音。也许是因为,她现在只想听到这个人的声音。

"雏步,我可以进来吗?"

门开了,感觉有人正在走近自己,自己的头和后背被轻轻地抚摸着。但是雏步却动不了。在隔开一点距离的地方,似乎还有别的声音在询问着什么,听不到内容。

"没关系,好像没有受伤……"身边的人回答道。

"花凛,麻烦你去雏步房间,把铺盖铺好。由茉、勇麒、奏磨,谢谢你们来通知我。你们先回去吧,告诉飞朗,集中精力在祭典活动上。你们也快回去,好好玩。"

在隔着一点距离的地方的那些人,似乎离开了。

"雏步,你能起来吗?走,我们回去吧。"

雏步对这句话感到非常奇怪。回去……回哪里?回到哪里去呢?

"你有可以回去的地方呀!咱们回家,家里的人都在等着你呢。"

字字句句一点一滴地渗进了心里……雏步睁开了眼睛。

从门口漏过来的光线中,老板娘的脸浮现出来,微微地泛着白光。

老板娘握住她的手,她听话地站起身来,走到外面。阳光非常晃眼。空无一人的天地间闪耀着银色的光辉,周围绿树掩映,听得到鸟儿鸣啭。在鸟鸣声中夹杂着若隐若现的人语声,但感觉那只是遥远世界的事情。

雏步跟着老板娘下了台阶，穿上鞋。她被牵引着，走过庭园，鲜花绽放出明艳的色彩。她们从大开间的落地窗进入鹭屋。花凛、玛利亚、尚子全都站在大堂，神色中充满了担心和关切，但是她们都没有说话。她们在担心什么呢？雏步不懂。她也想不出自己该说些什么，只是任由老板娘牵着手上了二楼。

进了原来是飞朗哥、现在已经让给雏步的房间，被褥已经铺好了，枕头边也备好了睡衣。雏步机械地换上睡衣裤，钻进了被窝。

河水的水位不断上涨，奔流着，发出激烈的轰鸣声。浊流逐渐逼近到眼前。

雏步一下子跳了起来。

她意识到自己正躺在房间里。雨水猛烈地敲打着窗扇。她又躺倒在被子上。激越的轰鸣声在逐渐加强。她感觉有人来到身旁。什么也不愿想，什么也不想说……雏步把自己关闭在一片空旷之中。

"雏步……雏步……"

一个熟悉的男人的声音响起。

"雏步，匿着了吗？我来跟你打个招呼，我现在要出发去机场了……第二场撞轿输掉了。突然下起雨来，脚滑是一个原因……但是，胜利女神不在还是不行啊……等我考过了之后，一定会回来的。到时候，希望雏步变成原来的雏步，像以前一样露出灿烂的笑容……好了，再见啦。"

感觉好像有人离去，应该说点什么，应该去送一下……雏步虽然这样想，但依然缩在被子里动弹不得。

不知过去了多久，突然感觉有人在哭。

雏步睁开眼睛。在微暗的房间角落，有个人坐在那里。从微微透进来的一点光线中，浮现出小卷的侧面线条。小卷用手捂着嘴，抽噎着。

小卷姐姐……小卷姐姐……你为什么哭了啊……雏步刚想问，却突然意识到她是在为我哭……

不行，小卷姐姐，不要这样，不用为我哭……但是，雏步依然说不出话来。

一场漫长的寂静到访。不知何时，轰鸣声消失了。

"雏步。"

老板娘的声音清晰地传进耳中。

雏步睁开眼睛。房间的灯亮着，老板娘坐在枕畔。似乎做了一个很长很长的梦。

"咱们下楼去吧。"

老板娘的声音柔缓温和，却带着一种不容拒绝的味道。

雏步顺从地换上老板娘准备好的针织家居服，走出了房间。她先是被带到了洗手间，然后下了楼梯，来到大开间。灯亮着，窗户上拉着窗帘。没有人。大概已经过了晚饭时间。

雏步面前的桌子上，放着一只还冒着热气的大碗。是妈妈经常做的热汤面。啊，这个吃得下……雏步拿起筷子，将食物送向口中。面汤是清澄的金黄色，缠裹着细细的面条，一股鲜香在口腔中扩散。面汤中有香菇、嫩豌豆、鸭儿芹、鱼糕，各具清香，温润适口。雏步一口气就吃光了。

"雏步，跟我一起去洗澡吧。"老板娘说。

雏步跟着老板娘一起，进了一楼的浴室，老板娘为雏步擦洗后背，洗了头发。

雏步感觉自己似乎回到了童年。她想起跟妈妈一起洗澡时的情景。

"雏步，到我的房间里去吧，铺盖并排铺，一起睡好不好？"

雏步觉得自己似乎正在等着老板娘的这句话。

和老板娘一起，从楼上的房间抱着自己的铺盖下楼，这一系列动作，似乎也如小时候一般，她的心里有些激动。

老板娘的房间比二楼的稍微大一点，其他没有任何特别。衣柜、三面镜等家具和摆设都非常简洁整齐，看上去没有一件多余的东西。

晚安。灯灭了，房间暗了下来。老板娘身上有股好闻的香味，飘散在雏步的周围。身体暖暖的，被窝软软的，和妈妈一起泡澡时的感觉，依然在心里萦绕不散，她突然感到一阵孤寂。

"……我可以，到您那边去吗？"

雏步问道。

"可以呀。"

老板娘回应道,似乎掀开了自己的被子。

雏步靠了过去,立刻感觉被肌肤的温暖团团包围。雏步更加靠近过去,将脸埋在了老板娘的胸口。

四十六

身体被轻轻地摇了摇。

"雏步……雏步……起来吧。"

睁开眼睛。房间里的灯亮着。

"雏步,换上这套衣服。"

老板娘身穿一件厚厚的外衣和长裤,一副登山者的打扮。她递给雏步的也是一套厚厚的衣裤。大小正合适。大概是小卷的吧。不过看上去很新。

"去下洗手间,再喝点水。水已经准备好放在餐厅了,喝过之后就去玄关。"

按照老板娘的指示,最后雏步来到玄关。刚才她看了一下挂在餐厅墙上的时钟,三点半。

老板娘脚蹬一双结实的户外运动鞋,站在那里等她。她指着雏步的前面，示意她穿鞋，那里也摆着一双轻便的适合登山的鞋子。

"比你现在的尺码略大一点，垫了鞋垫。如果觉得紧，就把鞋垫拿出来，自己调整到舒服的程度。"

鞋子跟衣服一样新。雏步穿上一试，大小刚刚好。

"好了，跟我来。"

老板娘打开了玄关门。外面还是黑漆漆的，冷风吹了进来。

鹭屋的面包车停在门外。车内亮着灯，驾驶席上坐着小卷，真雀婆婆坐在副驾驶的位子上。两个人都默默地看着前方。

老板娘拉开面包车的车门，安排雏步在中排靠里坐下，自己则坐在旁边，关上了车门。"好了，出发。"只听真雀婆婆轻声说道。小卷发动了车子。

车子里，只有真雀婆婆偶尔对小卷发出指令："前面右转，这里左转。"

此外，没有一句多余的话。

起初路上还有不少街灯，沿着一条比较宽的上坡路行驶了一段之后，在真雀婆婆的指挥下，车子进入一条岔路。道路开始变得狭窄起来，路灯也少了很多。小卷似乎驾驶经验尚浅，车子摇摇晃晃，遇到比较急的弯路，一把过不去，还需要倒车调整角度。因为路上没有别的车，倒也不至于造成大的障碍。

从周围的景色看来，车子正在进入远离人烟的山中。很快，路变得更窄，只容得下一辆车通行。开到一处稍微偏离就可能坠落山崖的危险地段时，小卷停下车子，告饶般地看着真雀婆婆。

"嗯，已经很不错了。美灯。"

被真雀婆婆点名的老板娘下了车，代替小卷坐到了驾驶席上。

小卷来到雏步旁边坐下，撒娇似的靠在雏步身上。"刚拿到驾照两个月。功课太忙，根本没时间开车。"她叹着气解释说。

"什么都需要练习。鹭屋的女儿，需要尽快熟悉这条路。"

真雀婆婆说道。车子在老板娘的驾驭之下再次出发。

老板娘的驾驶技术很高,面包车稳稳地沿着狭窄的山路一路攀爬。不一会儿就开到了尽头,车子停了下来。为了便于掉头,周围空出了足够的空间。

"阿雏,穿上这个,帽子也戴上。外面冷。"

小卷伸手到后座上拿来一件户外外套和一顶帽子。

雏步穿戴妥当,下了车。

老板娘穿戴上同样的外套和帽子,已经站在了车子前面。

"好了,去吧。"

下了车的真雀婆婆对雏步说道。

"路上小心。"

小卷怕冷似的把手臂抱在胸前,站在真雀婆婆的身边点着头。

"雏步,跟在我后面。要走山路,小心脚下。"

老板娘点亮了安装在帽子前部的灯,开始向前方迈进。黑森森的树林中出现一条只够一个人通行的狭窄小径,浮在光轮之上。道路入口的两侧埋有木桩,上面拴着绳索,绳索中央吊着的一块牌子上写着——"私有土地 非请勿入"。

老板娘解开绳索的一头,走了进去。

里面有一条狭窄的上坡路,但是被整修得非常好,没有绊脚的石块或者树根之类的障碍物。雏步跟在老板娘的身后,感觉路很好走。万籁俱寂,不闻鸟兽之声,森林笼罩在一片静默里,只能听到老板娘和雏步的脚步和呼吸声。

突然,雏步有种似曾相识的感觉。虽然现在是在夜里,但是她记得,自己曾经在浓重的迷雾之中走过……那个,难道是梦?

走了一会儿之后,老板娘停下了脚步。头灯照在前方浓密的树丛中。道路到此中断,看起来好像只能后退。但是老板娘却向左侧的草丛中走去。雏步的脚下被灯光照亮,她也跟着走了过去。草丛下面是坚实的泥土,不妨碍行走。老板娘向前走了一段,绕过一棵大树的树干,转向右方行进。整排的树木形成天然的壁障,也许这迷宫一般的路径是特意设计的。老板娘又改变了方向,继续前行了一段之后,回头对雏步说:"到了。我一直想带你来这里。"

老板娘转身向前,灯光在前方扩散,只见一座小小的佛堂似的建筑物稳坐在森林一角的开阔之地。

老板娘向建筑物走去,雏步跟在身后。

地面不知从何时起从泥土变成了岩石。那个像是佛堂一样的建筑,也许更近似于在公园里经常可以见到的、被称为凉亭的休息所。四根粗大的柱子上,覆盖着天然材质的屋顶,除了正面以外,其余三面都用竹子编成了围篱。围篱上空下悬,结构开阔。正面没有竹篱,只拦着一条绳子。但是那根绳子却让人感觉到有注连绳的效果,知道此地不得擅入。

老板娘熄灭了灯光。周围沉入黑暗之中,只能听到一丝微弱的潺湲声。

突然听到摩擦的声音,火光亮了起来。像是打火机。火苗转移到蜡烛上,周围的世界像梦幻一般,摇摇曳曳地浮现出来。

老板娘打开那条有注连绳效果的绳索的一头,将它挂在另一根柱子的挂钩上,手擎蜡烛,轻手轻脚地走了进去。

雏步也轻手轻脚地进入建筑物中。她感觉空气似乎变了。比外面要温暖。在蜡烛的光照下，一汪被岩石包围起来的泉水出现在两个人面前。

一阵薄薄的雾气从水面升起。一定是水蒸气……雏步之所以会这样想，是因为在她的梦中，曾经出现过一只将脚浸在温泉池中的大鹭鸶，眼前的景象跟那时的感觉一模一样。

被岩石围起来的汤池基本呈方形，边长大约两米。汤池中盛满了清澈的温泉水。水并没有漫出太多，只是池边有一些润湿的程度。

"这里，就是初代老板娘发现的用来疗愈伤痛的温泉的泉源。"

老板娘说道。因为太过离奇，雏步不知该选择相信还是不相信。

"我也不知是真是假。但是上代、上上代老板娘曾经告诉我，这是初代女主人传下来的珍贵的温泉泉源，现任老板娘要妥善管理，最后再交给下一任老板娘。历代老板娘就这样持续守护下来。这座山也一直属于鹭屋所有，真雀婆婆在小的时候，由当时的大老板娘带到这里时，前边的建筑就已经有了，与其说是为了守护泉源，莫不如说是为了做出标志而建，为了表明此地是非常重要的场所。建成开放式，是因为森林中的动物和野鸟时常会来泡浴或者饮水……据说这也是初代传下来的规矩。为防止老化腐败，会每隔二十五年重建一次。"

雏步一边听着老板娘的介绍，一边望着汤池，泉水没有外溢让她感到好奇。

"这里的温泉水，也流到别的地方吗？"

"泉水从汤池底部的某个石缝之间涌出，又从侧壁的石缝之间流出去。据说与道后温泉的泉源是相连的……太具体的事情就不清楚了。"

"飞朗哥和小卷姐姐，也知道这里吗？"

"嗯。他们都知道泉源的存在。但是来过这里的只有小卷。这里只有女人才可以接近。似乎也是初代定下来的规矩。"

"啊，那玛利亚，花凛，尚子她们也都来过吧？"

老板娘轻轻地摇了摇头。

"能够到这里来的，只有历代老板娘，和可能成为新任老板娘的人……小卷也是一样。再有，就是老板娘想将她一直留在鹭屋的人。"

……雏步没太听懂老板娘的意思，有些疑惑地盯着她。

"玛利亚她们，在不远的将来都会找到自己新的人生方向，最终离开鹭屋。我也希望她们能够离巢独立，因为也是为了她们的将来考虑。但是，雏步……我希望，你能够尽可能长久地留在鹭屋，希望你能帮助我们去照护客人，守护鹭屋。所以，我才会带你到这里来。"

这，这究竟是什么意思呢？不，她听懂了意思，但，这是真的吗？……对于刚刚听到的一席话，雏步不知该如何接受，而且，在老板娘手中的蜡烛下，倒映着烛光的瞳孔有些发花，她不知该将目光放在何处，于是低下了头。

"我呢，是由上一代老板娘千鹤带来这里的。那是我在国外受了很重的伤之后，隼一把我带回了鹭屋……当时，我沉浸在一种巨大的缺失感中不能自拔。因为，我失去了最重要的人。"

啊？雏步吃惊地抬起头来。

"我失去了我的孩子……"

雏步惊呆了。她盯着对方的眼睛,在烛光的映照下,老板娘的眼眸中似乎有什么在闪动。

"坐下来吧。不知是哪一任老板娘,将长椅形状的岩石安放在了汤池边上,方便坐在这里做足浴。看,就是这里哦。来,把鞋袜脱下,把脚伸进去。"

老板娘在汤池边那块长椅状的岩石上坐了下来,将蜡烛放在自己的身侧,对雏步招着手,示意她过去。雏步乖乖地走了过去。

四十七

"我曾经以护士的身份在国外工作过,这段经历,你已经听飞朗讲过了吧?飞朗告诉我,他把他知道的都告诉你了。"

老板娘将裸足伸进汤池的一角,对雏步说道。雏步也光着脚,探进了温暖的泉水中。她顾不上去体会是否舒服,一心只集中在老板娘的讲述中。

"但是现在我要说的,是飞朗不知道的事情。知道这件事的只有隼一、大老板娘真雀和前任老板娘千鹤。当时,鸡太郎阿爸正扛着照相机周游全国,所以,至少他没有从我这里了解过。"

雏步默默地点着头。但是为什么要讲给我听呢……她感觉有点畏惧,但又非常想知道。

"我在嫁给隼一之前,曾经有过深爱的人,他是一位瑞典医生。在海外,我们被派往同一个工作地点,因此相识。他和隼一也是非常要好的朋友。我们三个人经常在一起,一起工作,一起吃饭,一起聊天畅饮。但是……他是有家室的人,家人留在瑞典国内。隼一第一次带着我来鹭屋的时候,他为了商议离婚回了瑞典。但是,我感觉他肯定不会再回来……那个时候,我身心俱疲,隼一便邀请我来鹭屋休养。鹭屋的人待我非常亲切。当时,飞朗还是生着青春痘的高中生,小卷也是背起书包上学的年纪……特别可爱。"

老板娘沉浸在回忆当中,她轻轻地抬起一只脚,泉水发出叮咚的声响。

"小时候,我的父母经常吵架,所以我的家庭环境是冷冰冰的。鹭屋的大家族,加上来来往往的人,都让人感觉像是亲人,大家聚在一起,热热闹闹,笑声不断,这种环境让我觉得惊奇、疑惑,但却总是不自觉地被吸引,也会跟着笑起来……那段时间,我感受到了真正的快乐,也获得了力量。"

我懂，我也一样……雏步点头。

"就这样，我决心从头再来，回到了医疗团体。当时，我们可以根据个人的意志选择工作地点，我便回到了原来的地方。没过多久，他居然从瑞典回来了。我本以为不可能，没想到他真的结束了自己的婚姻。就这样，我接受了他的求婚，并约定好，等这次任期一结束，就到他的祖国去举行婚礼。接着，隼一也回来了，他祝福了我们。说实话……我也曾经想过，与他相比，隼一在为人方面更加出色。在鹭屋长大的隼一，具备着对所有人都宽容的品质……但是，感情这种东西，有时候是没办法的，我还是选择了他。后来，那一天就来了……"

老板娘一直淡淡地叙述着，此刻却突然停住了，她将手压在了胸口。雏步除了静静等待，想不到还有什么该做。

"当时，我们在反政府武装所控制的地区。数日之前，政府军向医疗团体发出了撤离的警告。但是，我们以为政府军不会对医疗机构实施打击。因为对医疗设施的攻击行为等同于犯战争罪，会招致国际社会的责难。不过,医疗团体的总部也有劝退的声音。隼一当时为了去商谈撤离事宜,另外还要领取医疗物资,动身去了政府军控制下的邻村。我当时正和未婚夫为几个需要紧急照料的患者进行处置。因为药品不够,我独自去仓库拿,刚刚走出治疗棚,就听到一个撕裂了空气的声音从天而降……接下来,我就陷入了剧痛和黑暗之中。"

温泉水又发出叮咚声。雏步下意识地用脚踢着水,水溅出了汤池。雏步轻轻地把脚放回汤池中。一股温暖拯救了她。

"当我醒过来时,隼一在我的身边。当时我的手不能动,脖子也抬不起来。隼一告诉我,我目前身在政府军支配下的一个大城市的医院里,远离原先的工作地点。我问他未婚夫是否获救。隼一没有回答我。因为,他觉得我的精神状态会影响身体的恢复。所以,我也没有勇气再问另一个问题,那是一个非常重要的问题,就是关于我肚子里的宝宝……"

老板娘的叹息声被吸进了森林中去。

"我只是暂时恢复了意识,然后又陷入了长时间的昏迷……当我再次清醒过来时,已经躺在了法国一家医院的病床上。在隼一和医疗团体的帮助下,我的身体没有留下严重的后遗症。在那期间,隼一一直陪在我的身边。看到我的精神状态终于稳定了一些后,他才回答了我早前的问题。我的未婚夫遭遇炮弹直击,当场死亡。当时一听到消息,隼一就跟着医疗团队成员一起往回赶,当他看到几乎消失了的医疗棚,都蒙了。我被冲击波震飞,能被发现,已经是一个奇迹。隼一说,在将我送到医院之前,都无法确定能否保住性命,所以,我能够获救也是一个奇迹。但是……肚子里的孩子没能保住。据他说,在发现我的当时,就已经……"

雏步搁在腿上的手紧紧握成拳头。与从脚底传递上来的温度不同的、另外一种炽热的东西,在心中卷起旋涡,她觉得难过极了……

"我想,自己当时陷入了深度抑郁的状态中。我无数次希望自己能死,也曾试着付诸实施。一直支持和守护我的,是隼一。但是他大概觉得一己之力毕竟有限,于是,硬是逼我上了飞机,把我带回了鹭屋。我处在一片黑暗之中。但是，鹭屋的人却一点一点地把我拽回了光明之所。特别是真雀和千鹤，竭尽全力地帮助我……千鹤像是对待婴儿一样对待我，她为我洗浴，陪我入睡，拥抱我，抚摩着我的头说，好孩子，好孩子。"

啊……雏步想起昨夜跟老板娘一起洗澡，在被窝里，老板娘抱着她，摸着她的头，哄她睡觉……

"在鹭屋，有一个仪式叫作送别会。就像葬礼一样。我们呼唤已故者的名字进行告别，感谢他们让我们懂得生命的宝贵，也感谢他们教我们了解到共生共存的重要性。真雀、千鹤和隼一他们三人，悄悄地为我的恋人，以及无缘降生在这个世上的孩子开了一个送别会。我在鹭屋又一次获得了重生的能力……又过了一段时间，隼一向我求婚。在真雀和千鹤的鼓励下，我决定接受。因为我觉得，自己在精神方面已经很难再回到护士的岗位了，所以怀着一种报恩的心愿，我决心为鹭屋奉献终生。然而，我完全没想到自己会被委任为老板娘。小卷当时读高中，我以为即使她还太年轻无法接任，也应该还有其他合适的人选。但是,千鹤却身患重病……她双手合十地请求我:只有你了,希望你能够帮助鹭屋……我无法拒绝,最终接受了下来。"

老板娘突然放松了肩膀,转过头来看着雏步。

"我现在所做的事情,全都是别人曾经为我做过的事情……但是,到鹭屋落脚的人,有着各种不同的烦恼和悲痛,单凭我的经历是远远无法应对的。有时候,我也会感觉力不从心。在大家的帮助下,我才能很好地履行鹭屋老板娘的职责。所以,我也希望雏步能够帮助我。那对失去了女儿的父母……如果没有你的话,我真不知道该怎么安慰他们才好。"

雏步拼命地摇着头。没有,没有,我什么都没做,是因为鹭屋,因为有鹭屋……

"你对于鹭屋来说,是一个无法替代的存在。所以,我希望你能够一直在鹭屋,迎接来访的旅客。我希望,今后能跟你一起守护鹭屋。"

雏步用力地摇着头。

"不愿意?"

不是，不是……雏步心底涌上来的炽烈感情已经冲上喉头，径直喷发出来。哭泣声无法抑制地越来越大，泪水从眼眶中汩汩涌出。

老板娘抱住雏步的肩膀。蜡烛倒了，周围恢复了黑暗。但是……在雏步的心里，已经没有黑暗，也没有空虚，一朵温暖的火苗正在静悄悄地点燃。

"是真的……我是真心的。"

老板娘的声音摇曳着雏步心中的火苗。

我知道，我知道……雏步不停地点着头。

四十八

由茉到鹭屋来约雏步一起上学。今天早上，奏磨和勇麒也一起来了。奏磨已经很久都没去学校，勇麒的家离这里又有些远。但他们还是过来会合。而且，关于雏步的身体和情绪，他们三个没有问任何问题，也没有提及庙会祭典。

路上，他们都在说各自家里的一些琐事，在学校里聊的也是同学和老师，对于雏步身上发生的事情，他们三人都故作不知。

雏步非常感激他们的体贴，也觉得很过意不去。但是对于雏步自己来说，要到什么时候才会稳定下来，如何去面对现实；对于事实，该怎样思考和接受……她也不清楚。所以她心中想的是"请等着我""请再稍微等等我"……

这句话,是老板娘教给她的。

从温泉的泉源处沿着山路走下来的时候,雏步跟在老板娘的身后,终于问出一直憋在心里的一个问题:"那天,您和哥哥在院子里说话。哥哥是不是把我的事情……嗯,爸爸妈妈的事情告诉了您?"

老板娘略微停顿了一会儿,回答道:"鹿雄把他自己所知道的一些事实告诉了我。当时他拜托我说,他所知道的事实,雏步还不能接受,所以,如果有机会,希望我能告诉雏步。当时,我对他摇头,告诉他我做不到……我给鹿雄的答复是:尊重雏步讲给我听的事情。"

雏步想起老板娘在庭院中对鹿雄摇头的情景。

"雏步……不必勉强自己去承认什么,或者相反,去否定什么,不要逼迫自己。你要知道,无论是对自己还是他人来说,判断一件重要的事情,要允许花费一些时间。在我心里有一句咒语:'稍等,请再稍微等一等……'有时,在心中默念它,就会觉得好受一点。你不妨试一试。"

对今后该何去何从，焦急地寻求着答案的自己，雏步尝试了这个办法。对每天交往的好朋友表现出来的体贴，她也在心中用到了这句话。

"等待。"

也是真雀婆婆对自己的要求。

跟着老板娘走下山路，到了真雀婆婆和小卷等着的地方。在回鹭屋的途中，小卷驾驶着面包车，坐在副驾驶位子上的真雀婆婆突然开口问道："雏步，你真的有说过，希望转世成一个新的自己吗？"

"什么？"

突然的发问让雏步有些不明所以。

"在磐户屋的会长面前，你有说过吧？说想当撞轿的乘手。"

"啊……对。"

"如果身处撞轿的正中心，在相撞的瞬间，也许那个小小的自己就会消失……在推抵之中，一个新的自己就会诞生，也许就能够理解生命存在的意义……说了一些很高深的话对不对？"

雏步有些踟蹰。她记得自己确实说过类似的话，但是她对祭祀的知识完全不了解,只是被撞轿深深地吸引,就不自觉地把当时想到的事情说了出来。

"真的想变成一个全新的自我,试着去理解生命存在的意义吗?"

"嗯,那个,突然出现在脑子里,我就直接说了出来……"

"脑子里出现的东西,就是心里面期望的东西哦。你试着说清楚,是不是真的想作为一名撞轿的乘手,登上大神轿?"

真雀婆婆的口吻有些严厉,有一种不容敷衍的感觉。雏步不自觉地闭上了眼睛。

面包车的晃动和庙会上的记忆重叠在一起。

在她眼睑的内侧……两体大神轿相撞在一起。那种冲击,让雏步的心里似乎有什么东西迸裂开来。神轿守护者们推挡住相撞之后的大神轿。像是被汹涌的波涛左右夹击,只见两体大神轿乘浪而起。就在那时……雏步的心中有一种预感,觉得会诞生出一个新的存在。在双方充满美感的力量角逐的顶点,也许……有一个新的自己。

"……想上。我想乘上去试试。"

雏步睁开眼睛回答道……但是,她马上就意识到自己说了什么,不由得后悔。

真雀婆婆考虑了一会儿。"美灯,"她突然对老板娘说道,"你去八町会的总代那里商量一下。我也去跟樋口宫司和鸿野君、挂河君他们说说看。磐户屋的会长也觉得很有兴趣,我想他大概也会帮我们的。"

"好的。"

见老板娘平静地回答,不只是雏步,连小卷都觉得讶异:"太婆……女孩子做大神轿的乘手,有过先例吗?"

"当然没有,怎么可能会有呢!"真雀婆婆回答得非常干脆,"但是,对于不可能的事情,什么都不做就放弃,那就背弃了鹭屋的理念。如果能够帮到有困难的人,竭尽全力才是鹭屋的待人之道咋呐。不管行不行也要去碰碰运气,宁为玉卒。雏步,请你稍微等待一段时间。"

无论能不能实现,这份心意都让雏步觉得很感动。但是，真雀婆婆，那个是叫宁为玉碎吧……雏步注意到这个词。但是她想起自己之前的一些言行，没敢说出口。大概老板娘和小卷也注意到了，但因为是大老板娘，所以她们都没有说破，车内突然出现了一车沉默。

三天之后，雏步放学回来，被老板娘叫住了。

她递给雏步一套巫女的装束，让她回房间换上。因为之前穿过一次，所以这次雏步特别注意袴装的前后，谨慎地确认好之后换上，把袖子和衣摆抻抻直，下了楼。

"好，我们出发吧。"

老板娘穿着和服加法披，也就是她平时的穿着，站在玄关等她。

"这是，去哪里？"

"去磐户屋。大老板娘吩咐，让你换上这套衣服过去。"

真雀婆婆的话，当然不能违抗……雏步蹬上已经备好的木屐，跟在老板娘的后面出了门。

两个人走到道后温泉本馆前，再向左转，绕着本馆外围行进。走到头，再左转，继续走一段，来到了一座气派的酒店前。

玄关前站着一位男子，身穿藏蓝色法披，上面印染着白色的"磐户屋"的字样。男子看到老板娘和雏步，立刻欠身致意，表示正在等着她们。经过玄关往里走。通道两旁种植着应季的花木，沿通道是一排玻璃橱窗，里面展示着色彩缤纷的和服。

老板娘熟门熟路地横穿过宽阔的大堂，向前台走去。一位身穿和服的女子要给她领路。老板娘婉拒之后，带着雏步一起乘上电梯。在前台告知的楼层停下，来到了一个房间的前面。老板娘站定，隔着门朝里面打了一声招呼，拉开了格子拉门。进去之后，只见宽敞的脱鞋处已经摆着好几个人的鞋子和拖鞋。雏步跟在老板娘的后面，脱下了脚上的木屐，迈入内室。在一排纸隔扇前，老板娘跪坐下来："打扰了。我是鹭屋的老板娘。带着鸠村雏步前来拜访。"

"哟，请进。"

里面传出一个沉稳的声音,老板娘再次行礼,拉开了纸隔扇。

雏步学着老板娘的样子跪坐行礼,跟在后面进了房间。

在一张宽大的桌子对面,磐户屋的会长先生,祭祀活动时指挥着各方人马的八町会总代仁志冈先生并排坐在那里。桌子两侧也坐着人,雏步定睛一看……笑眯眯的那个,是白胡子老爷爷鸡太郎。

"喔,穿着巫女的衣服来了。快过来,拿个坐垫坐下吧。"

磐户屋的会长指着桌子对面的位子说道。

"嗬!就是这个孩子吗?真是个可爱的巫女呀!"

仁志冈先生的声音粗沉浑厚,语气却很温和。

雏步挨着老板娘坐下,她不知道眼睛该看向哪里,只能把目光落在鸡太郎爷爷的身上。

"我还是第一次在有太阳的大白天跟小雏步见面呢。说实话,困得很!"鸡太郎轻轻地做出打哈欠的样子,"我跟这两个人啊,年纪一般大,是老朋友了。

那还是从我开始在这座城市生活时起……算起来已经有四十多年咯。会长和总代当时就跟现在的飞朗一样的年纪。"

"算什么朋友嘛!我跟鹭屋的千鹤小姐可是青梅竹马,一心想娶她为妻,没想到,半路杀出来个鸡太郎,夺人所爱。简直是可恶至极。"

磐户屋的会长先生首先呛声,半开玩笑道。

"喂喂,我也是被横刀夺爱的受害者啊!"

仁志冈先生笑着跟了一句。

这时听到远处有冲水的声音,拉门哗啦啦打开,身穿和服的真雀婆婆出现了。她上下打量了一遍雏步,在鸡太郎的对面坐下。

"有机会你们再推杯换盏忆往昔好了……现在咱们说正事。怎么样总代,不能考虑一下吧?"

真雀婆婆话音一落,仁志冈先生的面容就变得严肃起来:"嗯,你们的意思我已经明白了,但是让女孩子当大神轿的乘手……并无先例啊!"

"可是,在搞活动的时候不是经常会上女孩子上轿吗?可不可以顺着这个思路去考虑?就算是没有先例，作为特例，也不是没有办法嘛！"

磐户屋会长先生的口吻像是在说服仁志冈先生。

"樋口宫司说，只要还没有纳入神体，那么就跟庙会上让女孩子上轿是同样的感觉。鸿野君和挂河君也表示，只要仁志冈先生同意……"

鸡太郎爷爷说道。

仁志冈先生沉吟着……

"但是，男人们抬着大神轿，撞轿时候的冲击力非同一般啊。如果是没有经验的女孩子，很容易就会被震飞，搞不好要受重伤的。"

"关于这一点，我们当然会安排雏步接受严格的训练。实在不行，就把她绑在大神轿上固定住。"

直到真雀婆婆用这种野蛮的方式提到自己的名字，雏步才反应过来——这这这这次谈话的主题，就是我能不能做大神轿的撞轿乘手？雏步吃惊不小，吓得差点要退出去。她万万没有想到，自己只是在兴奋时冲口而出的愿望，大人们却真的会认真讨论，而且，看起来还是很麻烦的事情……我放弃，对不起，这句话已经到了嗓子眼。

"汤之町大神轿这边，就交给我去说服。只要汤之町能出场，就一定会有人配合。让这孩子上汤之町的大神轿，对方就照常用男性。"

磐户屋的会长说道。而仁志冈先生马上有了疑问："但是，童轿在哪里进行？在站前停车的话，如果关系到交警管辖的有轨电车的运行，那就不只是公司，大概还需要交通部的许可。用什么理由呢？如果没有一个说得过去的社会性原因，是很难办到的吧？"

没错没错，放弃吧，这样已经足够了……雏步深表理解地频频点头。

这时，坐在雏步身边的老板娘身体稍微向前探出一些，说道："多有僭越……就是为了一个女孩子。为了让一个女孩子能够健康开朗地活下去。这样的理由不可以吗？"

雏步眨着眼睛，从一旁看着老板娘。不，那什么，老板娘，我非常感动，也觉得好开心，但是，那样的理由是说不通的，谁都不会认可的……这是连雏步都懂得的道理。

鸡太郎爷爷突然大声地咳了一下，看着仁志冈先生："怎么可能为了这么天真的理由，去惊扰到那么多单位呢？是吧，仁志？"

"嘿嘿，这个理由就像一个甜蜜幼稚的梦想，不值得为了它兴师动众，对吧，仁志？"

磐户屋的会长接过话茬，也看向仁志冈先生。

仁志冈先生抱起胳膊思考。

"雏步，你没有什么要说的吗？"

真雀婆婆看着雏步问道。

啊？我？我、我算了，我不想让大家为难，不想让老板娘为难。但是……雏步认真地看了看老板娘的侧影。只见美灯眼帘低垂，嘴唇紧绷。她的表情果敢决绝，仿佛在跟什么战斗。我不能背叛她的一番心意……老板娘坚毅而动人的面容让雏步产生了这样的想法。

再三目睹撞轿的过程，自己心中非常自然地涌现出来的想法……如果身处在撞轿的正中央，渺小的自己就会消失，也许，一个跟之前全然不同的自己会诞生出来，也许，那时就会理解生命存在的意义……这样的想法,或许真的只是一个天真的梦想,但它是真实的。老板娘、真雀婆婆都相信这一点。

如果,一个全新的自己诞生……我会想些什么呢?如果理解了生命存在的意义……那么,到目前为止发生在自己身上的事情,我又会以什么样的方式去重新思考呢?今后又会怎样生活下去呢?

雏步……什么都不做,就像现在这样悬在半空,你能继续保持这种状态吗?说不定,抓住什么新东西的机会就在眼前……

雏步将双手撑在榻榻米上,毅然决然地低下头去。不承想,却因为坐得靠桌子太近,额头嘭地一下撞到了桌面上。

好痛!……

周围的大人们也发出惊呼。雏步窘得要死,也顾不上痛不痛,她将身体撤后一些,再一次低下头去,额头几乎要触到榻榻米。

"拜托了!请让我做一名大神轿的乘手。我一定会努力练习,决不让自己被震飞或者从大神轿上掉下来……我不会让自己给大家添麻烦。不不,我知道，我已经在给大家添麻烦了……我，今后大概还会给大家添麻烦……但是，作为弥补，我会尽心尽力，让自己做一个对大家有用的人，用来报答大家对我的恩情。"

谁都没有说话。沉默像针一样刺着雏步的身体。就在这时，拉门外突然传来一个声音：

"我是福驹。可以打扰一下吗？"

"哦，什么事啊？"

磐户屋会长应声道。接着传来纸隔扇拉开的声音："因为已经到了约定的时间，所以我把啤酒端来了……要不然，再等一会儿比较合适？"

"哦……我知道，这件事会让总代为难，所以盘算着喝点酒，让他放松一下，可以乘虚而入嘛……看来，也是操之过急了。"磐户屋的会长苦笑道，声音里带着些无奈。

"那，我先撤下去吧？"福驹问道……

这时只听得仁志冈先生长叹了一声："不用，福驹……不必撤下。巫女姑娘，抬起头来好吗？"

听到仁志冈先生的请求，雏步怯怯地抬起头来。

"我这两个老伙伴的意思啊,我懂。他们是在说,正因为是无法兴师动众的天真的理由,才是体现神轿守护者意志的地方。说实话,我也想把大神轿派给你呀。我也很想看看你奋战的样子。但是,担夫怎么找?推手怎么办?祭祀活动刚刚结束。大家为了这次活动进行筹备,花费了很多心力,牺牲了很多东西,现在终于结束了,大家都重新投入日常的工作中。我没办法再要求大家来参与。派轿这样的话说不出口呀。不过呢……我也是神轿守护者的一分子嘛,如果实在找不到担夫的话,那就由我来担轿好了!"

啊?雏步乏着眼睛。

"如果找不到推手的话,我就豁出去,光着膀子亲自去推。喂,你们两个家伙,要是找不到担夫,你们就得把这立巫女姑娘的大神轿担在肩上哦!"

"没问题,担起来担起来!"

鸡太郎爷爷和磐户屋的会长先生异口同声地答道。

真雀婆婆拍了拍手:"为了一个人,大家都肯牺牲自我，鼎力相助……这正是鹭屋的真心，道后的精华。福驹，把啤酒端上来！"

"好——嘞，这就来！"福驹的声音一下子变得轻快响亮起来。

四十九

"嗨,脚要踩在一根担杆上,像平衡木那样!"

"别蹲下,阿雏!跟蹲厕似的姿势,多难看!"

"握住缠绳才行。要是去抓屋檐的话,手就完蛋了!"

雏步开始利用放学后的时间进行乘手练习。场地设在宫大工鸿野先生的工坊,借用维修中的大神轿,由勇麒、由茉和奏磨来充当教练。

大神轿停放在院子里,雏步身穿运动服站在担杆上进行训练。从顺序、姿势,到向担夫喊出的号令等等,每一项都受到三位教练的监督。

要求最严格的就是号令声了。用一个声音来统帅情绪亢奋的男人们,有时需要沉着冷静,有时却需要进一步激发斗志,指挥大家直面危险,拼命向前,使出全力去冲撞。

"声音太细,谁都听不见!就算听到了,也会想丢下神轿去泡个温泉!"

"阿雏,跟对方叫阵的时候,喊的是'放马过来'。这个放马,不是拜托对方牵一匹马过来送给你,而是表明你已经准备好了,让他们尽管进攻的意思。"

"'预备——起轿!'就凭这一句口令,大神轿就会被抬起来。还有就是'冲啊!',要在发出口令之后再敲击轿檐。要是先敲后喊,不管你喊啥,大家都已经冲出去了呀!"

如果时间充裕的话,能够循序渐进地练习是最好的,但是在大人们的协调之下,事情不断地向前推进,最后定下来,在大约三周之后,举办一场特殊的撞轿比赛。

因为到了十一月份,松山要派出大神轿去台湾进行表演,汤之町大神轿也会参加。如果错过了这个时期,进入到十二月之后,大家又要忙于应对其他的工作。年末年初是旅游城市的旺季,新年还有名为初子祭的汤神社大型祭祀活动。接下来就要开始准备春祭庙会。利用排除法,特例撞轿就定在了三周后的星期天。

时间是从天亮前开始,到早晨六点钟结束。

这样定的原因在于撞轿仪式的举办地点……真雀婆婆说:"就在道后温泉本馆前的广场举行。那里没有车辆也没有电车通过,本馆从早上六点开始营业,如果我们六点之前结束,就不会妨碍到要洗温泉的客人。就当作是一场敬献给温泉之神的撞轿仪式吧!"

与其说是提议,倒更像是一种宣告。

鹭屋的大老板娘发话,对于道后的民众来说具有非常重要的意义,所有相关人员都为了促成该计划而四处奔走……终于,这种热情传到了运营管理道后温泉的松山市长那里。因为不只是鹭屋,还有很多相关人士也表示赞同,于是,作为特例,他批准使用本馆前广场,并将这次活动命名为"温泉之神 撞轿献礼"。

作为汤之町大神轿的对手,道后村大神轿应声而起。后来,听说其他六个町区也纷纷表示可以协助。汤之町原本是从道后村独立出来的一个町区,因为这层关系,八个町区进行讨论之后做出了最后决定。

但是,因为事出突然,担夫一时难以召集。本来应该事先准备一个供练习用的神轿,进行撞轿的预演,但最后也定为直接进入正式表演,一场决胜负。

雏步给飞朗写了信,向他讲述了事情的前后经过。

首先是因为上次分别的时候,自己表现得非常没礼貌,她想道歉。另外,她想告诉飞朗,自己真的当上了撞轿献礼的乘手。但实际上,她是想倾诉一下自己的紧张和不安。

随着培训的深入,她越来越觉得要成为大神轿的乘手有多么艰难。汤之町大神轿的会员们也非常担心,从心理准备到承受撞击时的姿势以及要点,都非常细致地为她作指导。会员们用一个中等大小的神轿载着她,让她亲自体验剧烈的摇动,极度的倾斜,以及即将坠落时会经历的恐惧。他们甚至还用上了橄榄球训练用的冲撞包,不停地让她练习和提高承受冲击的耐力。

周围的人都鼓励雏步,说她一定能做到,但是看他们的表情,多半也不是那么乐观。事到如今,她已经无法任性地提出不干,感觉有些骑虎难下……她想让飞朗了解目前的情况,希望能够得到他的安慰和鼓励。其实,她更希望飞朗能回来,说服大家"她做不到"……然后中止撞轿仪式,或者找其他人来代替她。

很多话,在电话里不好说,发短信又显得太随便太失礼,而且也很难将自己的真意传达出去。于是,她决定一笔一画地写一封信,虽然她也为自己的字写得不够漂亮而懊恼。

就在她写信的过程中,字斟句酌之间……她突然想起一件事:包括老板娘在内,没有任何人再提到雏步爸爸妈妈的事情。

自己认为正确的事实,与哥哥和亲戚们所承认的事实不一样……她开始理解到这一点。但是,今后要如何去面对这件事,如何生存下去呢?她像往常一样地生活着,没有确切的答案。

作为一名撞轿乘手,如果身处于力量冲撞的顶点,也许就会找到一个新的生存方式,这样的期待至今未变……但是归根结底,关于爸爸妈妈,究竟该怎样想,她自己也不甚清楚。她非常想找到答案,但却像是隔了一层雾,思维无法再深入。如果强迫自己去思考这件事,心里就会痛苦得无以复加。

正因为如此……对于自己来说,也许有必要进行一项非常荒谬的挑战。打破一直包裹在自己外面的那层壳子之后,如果迷雾能够散去……也许,就会看到现实——通过一种全新的形式出现的真实。

雏步撕掉了信纸,撕碎了写给飞朗的那些不安与牢骚。

"虽然很怕,但是要试试看……"她重新写道。"虽然不安,但是我不想低头,我决心拼搏一场,也许这样就能发现一些重要的东西……"她接着写道。"所以——"她在信的结尾这样写道:

"所以,飞朗哥,请你在远方为我加油。另外,为了成为律师,请你加油通过最终考试。我也会在这里全力为你应援。雏步。"

五十

来了。这一天终于来了。

雏步准备停当,下到一楼。大开间亮着灯,老板娘将简单的餐食摆上了桌面。

"早安。"

雏步的声音有些僵硬。

"早安。"

老板娘微笑着回复她。

"一点都不吃不行,吃得太饱呢,恐怕也不舒服,所以,尚子煮了一些粥。吃好了就出发吧。"

厨房里的花凛和尚子大概听到了外面的动静,探出头来跟雏步打招呼。

"雏步,我和花凛、尚子,因为还要照顾住宿的客人,就留在鹭屋。大老板娘、小卷和玛利亚会陪着你一起去。要平平安安地回来哦!"

"嗯!我一定会好好回来。"

雏步像是许下了一个诺言,向三个人深深地低下了头。

饭后回到房间,她将身上的家居服脱下来,换上了巫女的装束。作为特例撞轿比赛的乘手,关于着装问题也有很多不同的意见。诸如"玛冬娜神轿"的祭祀用女装、学校的体操服等等,经过各种商讨,最后担夫代表们表示,抬着巫女会感觉更有意义,于是就决定让雏步穿巫女装。

幸男按照事先的约定来到了房间,协助雏步穿戴整齐,为她梳了一个漂亮整洁的发型。

"女孩子登上大神轿去做乘手,是何等不设防啊!"

正在照镜子的雏步突然听幸男这样说道。他的声音依旧酷酷的,不带任何感情,所以雏步也不能确定他想说什么,也许是感觉意外吧?

"请问,不设防,是什么⋯⋯"

雏步有点怕听到答案,只对着镜子弱弱地问道。

"不设防,想到婴儿就明白了。看上去最脆弱,实际上却最强大,那种存在会照亮周围。"

语调虽然还是那么平静,但是镜子里却映现出饱含着温暖情感的笑容。

下楼到玄关,小卷和玛利亚已经等在那里了。两个人身穿祭祀女装。据说真雀大老板娘已经先行到神社去了。

"路上请小心。"

老板娘、芯凛、尚子、幸男将她们送到玄关前。

雏步一行三人来到了空无一人的道后温泉车站前,径直向遥往伊佐尔波神社的坡路上走去。平时最爱说笑的玛利亚都显得有些紧张,几乎没说几句话。石阶尽头的神社那里,亮着夜幕中唯一的灯火,充满神圣之感。

小卷和玛利亚在石阶下面等待。

"快上去吧!"

小卷微笑着轻抚雏步的后背,随后拍了拍以示鼓励。玛利亚没说话,她将雏步拥在怀中紧紧地搂了搂。

石阶各处亮着灯,脚下可以看得很清楚,但是却陡峭到近乎垂直,穿着巫女装上台阶,袴脚搞不好总是会绊住,行走起来有点困难。因为每天晨跑,体力较以前大有改善,虽然有些气喘,但也算顺利地爬到了顶上。苦尽甘来,原以为能看到一派清静怡和的风景……

这这这是怎么回事?只见神社的前庭中乌泱泱的,人群涌动着,烟雾缭绕,像是发生了火灾。定睛一看……身穿祭祀法披的男人们摩肩接踵,塞满了前庭。是他们的汗水蒸发成热气,进而升成一层雾气。男众们大概是感觉到了雏步这边的动静,不约而同地回过头来。

"哎啦来啦!是巫女,巫女来了呀!快让开快让开!"

男人们吵吵嚷嚷,将身体挤得更紧,尽量将雏步面前空出来。

很快,一条细细的通道被让了出来,笔直地通向造型优美的神社拜殿。在那里的石阶上,身穿巫女服的真雀婆婆和披着祭祀法披的鸡太郎爷爷、仁志冈先生、磐户屋的会长先生，正在笑眯眯地等着她。

雏步因为紧张和惊讶，一时间呆立不动，真雀婆婆走下拜殿前面的石阶，亲自来迎接她。真雀婆婆拉起她的手，走过男众们让出的那条小路，一直将她带到了拜殿。

"现在开始，要举行入轿仪式，将长年收存在鹭屋的古代巡礼者和旅行者们留下的遗物，代替神体纳入大神轿之口。利用撞轿时候的振魂，献上草根民众的心愿。并且……可以这样说，我们人类，从出生到死亡，一直在寻求着幸福与救赎，这也是旅行人世的一种巡礼。祈愿我们这些巡礼者的旅行，能够踏踏实实地走到最后。请你一起守护吧。"

由樋口宫司主持的祓禊仪式进行时，雏步几乎都低着头。虽然没有看到经过，却可以感受到那种庄重的气氛，仪式非常顺利地结束了。

仁志冈先生发出指令，停放在正殿之前的两台大神轿由担夫们抬了出去。在前庭宽阔处，担夫们正在接受双方总指挥的指示，在嘿呦嘿呦的号子声中将大神轿担上了肩头。

身临现场的雏步感觉到一种前所未有的气势迎面而来,几乎令她扑倒。

担夫们嘿呦嘿呦的声音越来越高……这怎么能行,这太荒唐了……雏步心惊肉跳,眼睁睁地看着男人们担着大神轿,开始走下那个近乎垂直的石阶。

担夫中可以看到明典、勇麒、奏磨的身影。旁边神轿守护者的队伍里,也可以看到阿猪先生的身姿。他们都看到了雏步,但是表情丝毫未变,与大神轿一起迈下台阶。跟在汤之町大神轿后面下台阶的,是道后村大神轿。

这么艰难,这么危险的事情……雏步突然鼻子一酸。

"巫女姑娘,怎么了?"

雏步回过头去,看到仁志冈先生正关切地看着自己的脸。后面站着鸡太郎爷爷和磐户屋的会长先生。

"为了我,大家要做这么危险的事情……我觉得很过意不去,很抱歉……"雏步含泪答道。

仁志冈先生、鸡太郎爷爷和会长先生都松了口气，他们神情释然地笑了起来。

"你能够为神轿守护者们着想，非常难得，但是，大家这么做不只是为了巫女哟！他们也是为了自己，或者说，是为了证明自己，所以才在做这些事情。"

仁志冈先生目送着正在下石阶的大神轿，说道。

"证明……证明什么呢？"

"证明自己能不能为了一个非亲非故，但却遇到了困难的人挥汗相助。"

"小雏步，支持着四国八十八所灵场的，正是当地人所怀有的待客之心哪！"

鸡太郎爷爷走过来接着说道："为巡礼者端出茶水和点心，请他们休息，甚至还会提供餐食和住宿……据说，这些都是因为将巡礼者看作是弘法大师的替身而做出的款待之举，也是为了积累功德……但从根本上来讲，是甘愿同悲共苦的一番真心，是对共同生存者的一种体贴啊！"

"大概，这是如今世上最容易失去的东西吧。"

磐户屋的会长深深颔首："在同一个时代，同一个世界上共同生活,能够从这个角度出发,去体贴他人,才是款待之心咋呐。请把这个撞轿仪式,也当作是一种款待,实实在在地收下吧!"

雏步听了大家充满体贴的温暖话语,感觉心情变得轻松起来。

"谢谢!"

她向三位长者致以谢意,也对着站在拜殿前面的樋口宫司和真雀婆婆,对着周围的神轿守护者们,还有正在下台阶的轿夫们,大声地、不断地一一致谢:"谢谢!谢谢你们。"雏步一边道谢一边走下了台阶。

五十一

道后温泉本馆前,两台大神轿各据左右。

本馆虽然关着门,但是前方的广场在灯光的衬托下明亮地浮现在夜色之中。

汤之町大神轿和道后村大神轿之间,相隔了十米左右的距离,在大神轿的抬杆者之后,聚集着各自地区的神轿守护者们。周围更有人群围成了半圆形,特意来观看这场特例撞轿比赛。

真雀婆婆、仁志冈先生、磐户屋的会长先生作为见证人,挂河先生作为裁判,也已经买到了本馆的前面。在他们的几乎正对面的商店街入口附近,有一身洋装、秀发披垂的若叶女士,有由茉、滨田先生、尾久村先生,还有其他在鹭屋见过的人。富永医生和幸男哥也在。还有提供场地让自己练习上轿的鸿野先生，帮忙调查雏步失踪案的古坂先生。鸡太郎爷爷和小卷姐姐、玛利亚肩并肩站在第一排。

雏步用真雀婆婆递给她的襻膊，将衣袖背带式地绑束利索，以免活动不便。她动作坚定，有板有眼，像是在给自己打气。雏步脱下木屐，脚上只穿着足袋，站到了大神轿的最前面。

对方的大神轿前面，也出现了两位乘手，双臂交抱在胸前。其中一位剃着光头……啊，雏步想起他在秋祭庙会时的精彩表现。光头哥不仅外形威武可怖，也是一个具备统率力和技术的乘手。他突然走近雏步，瞠视着雏步，只见他剃过的眉毛之间皱纹深深，犹如刀刻。放在平时，雏步早就高声尖叫着逃得远远的，但是现在，她反而将双脚站得更稳了。

"巫女姑娘……我们可不会手软哦！"光头粗声粗气地说道，"因为，这才是我们的待客方式！"

该该该该怎么回答才好……雏步想向周围求助，但是她感觉，如果现在她转头，那么不只是对支持自己的人，对光头，对对方的神轿守护者们都是不敬的行为……于是，她尽力将声线压低，一字一顿地说道："求之不得！"

"噢——"雏步的身后传来排山倒海般的声浪。

光头的唇边漾出一丝笑意，回到了原地。

双方的神轿守护者互相掀起声浪。汤之町大神轿的守护者们探身向前，在与雏步并列的位置向对方挥着手，粗着嗓门发起挑战："谁怕谁啊！放马过来！……"而对面道后村大神轿的守护者们也不甘示弱，保持着随时都可以出击的态势，手上也比比画画的，一连声地喊叫着："来来来！来来来！"

接到仁志刃先生的示意之后，挂河先生向双方的总指挥发出起轿的指令。

雏步回头看向一起担任乘手的挂河先生的外甥。就在这时——

"裕介，你辛苦了。我来替你。"

出现在眼前的……居然是一身祭典服装的飞朗哥！

为为为为什么会在这里？……还没等雏步出声，飞朗便转头说道："必须要支持胜利女神才行啊。我坐昨天的晚班飞机回来的。小卷叮嘱我,到正式上场之前不要让你知道,以免你情绪激动。"

他依然带着他招牌式的王子般的迷人微笑……哇呀,这种亮相方式已经足够让我激动了啊……雏步回头看看小卷姐姐。只见小卷缓缓地对她竖起大拇指。文叔不知何时站到了小卷的旁边,只见他双手圈成喇叭形,朝这边喊道:"喂!雏哥儿!不许输啊,加油哦!"

文叔,这次您总算没把我跟小卷姐姐搞混,太不容易了……

阿猪先生在一边忙着阻止文叔进一步上前。

"雏步,牢牢地盯住对手。手绝对不要放开绳索。"飞朗叮嘱。

"好!"雏步清晰地回应着,伸手握住缠在大神轿轿体上的绳索,飞身登上了担杆。耳持位置的明典也协助着她确保落脚空间。

雏步将左脚踩在后杆上,右脚——不好意思,请让我露一手——高高抬起,稳稳落下,站定在被称作大神轿"耳朵"的、突出在轿顶角部的装饰之后。

飞朗隔着大神轿的轿体看着雏步。雏步用目光回答他说，没问题。总指挥大声发出指令，担夫们抓牢了担杆。

曾经交替指导过雏步的神轿守护者们发出喊声，拿出自信前进！相信我们吧！在推手后方的勇麒和奏磨对视了一下，也异常坚定地朝雏步点着头。

"准备，起轿！"

飞朗向担夫们发出喊声。担夫们应声回应。

雏步与飞朗四目相合，开始在心中一、二地数着拍子，有节奏地抬起手臂，在向担夫们发出起轿指示的同时，喊出了号子："赛——喏、赛！嘿！哟！嘿！"

周围马上随着她的号令喊了起来，担夫们一齐将大神轿抬起。

雏步的视线猛地升高了。大概有三米以上。也不是不怕，但她却从未感受过这样的兴奋和舒畅。

对方的大神轿也被抬起来了。轿体漆黑，带有一种摧枯拉朽的魄力。光头将手举得高高的，正在为神轿守护者们鼓劲儿。担夫们晃动着抬起的大神轿，嘴里"索拉索拉"地喊着，不断地酝酿着力量。

雏步双手握住竖缠在大神轿上的保护绳，左脚踩在了横缠于大神轿的绳索上。这是避免在撞轿时被震落的姿势。她与飞朗又一次交换了目光，左手离开绳索，举向空中。

"准、备——出发！"

雏步从腹腔深处发出尽可能大的声音，看着下面的神轿守护者们。

"噢——"一阵值得信赖的声浪回应着她。

在那一瞬，雏步仰头望向天空。星星在闪烁。

看着我，她在心中祈祷着。看着我。

雏步将举向空中的左手果断地挥下，砰地一下敲在了大神轿的轿顶。

仿佛满弓之箭，大神轿带着呼啸声离弦迸出。

对方的大神轿也喧嚣着直奔过来。双方的声音先撞在了一起，对面那个闪着黑光的巨大轿顶以几乎将雏步震飞的气势插了过来。

眼睛绝对不能离开。雏步提醒着自己。手绝对不要放开绳索。

接下来的瞬间,她受到了有生以来从未经历过的强烈冲击。似乎有钢铁碎裂的声音,身体被震得腾空而起。

——爸爸,我真的可以上去吗?

——阿雏是爸爸的小孩,可以特别关照。

——不过,雏步,一定要牢牢抓住才行哦!

——嗯,我知道。我会牢牢抓住这里的绳子。

手上一阵撕裂般的疼痛。将那种疼痛作为一种实在的回应,拉近自己。身体被震回,后背突然嘭地一下撞到了什么。比钢铁要柔软,还带着温度。

"喔唷,巫女姑娘,不行了吧?"

耳边的叫喊声让雏步回过神来,她意识到自己是跟光头的身体撞在了一起。力量在恢复。她斜睨着对手:"还活着呢!"

我还活着……我活着!

"推!用力推!"

雏步伸手一把推开光头的后背,一边拉住缠在大神轿上的绳索,一边向担夫们大喊着。

"推!推起来!"

双方力量均衡，感觉大神轿仿佛处在静止的状态。一种力量在逐渐蓄满，从雏步的脚下开始，人们的能量在攀升。那种能量贯穿了雏步的身体，一直升向星光璀璨的天空。

爸爸，妈妈……谢谢你们……我，会活下去，我会在这里活下去的！

"双方、后撤——让担夫后撤！汤之町，道后村，同时后撤——"

仁志冈先生的声音洪亮地响起。

飞朗向担夫们发出了后撤的指示。光头也在让担夫和推手们安静下来。接下来，像是波涛汹涌的大海一般的力量之波开始退潮。两台大神轿的中间拉开了距离，刚刚激烈点燃的爆裂空气变得平稳下来，缓缓扩散。

"平手！双方表现得都非常出色，平手！"

仁志冈先生宣布道。

观众中传来了掌声，双方的神轿守护者们发出欢呼声。

在担夫们的摇动下，大神轿一耸一耸，像在跳动。似乎在对雏步发出由衷的赞美。与其说是喜悦，雏步更觉得有些惶恐，她看向飞朗。那边是一双温柔的眼睛，微笑着，仿佛在说，干得漂亮！

雏步看着神轿守护者们。大家也都抬头看着雏步，脸上现出与飞朗同样的笑容。明典也微笑着。雏步环顾四周。勇麒和奏磨双手高举过头，在用力地鼓掌。真雀婆婆满意地笑着。仁志冈先生和磐户屋的会长先生也在赞许地点头。以光头为代表的道后村大神轿的人们也为她献上热烈的掌声。

在商店街的入口，小卷和玛利亚抱在一起蹦跳着，鸡太郎爷爷举起了拳头。文叔大叫着雏哥儿雏哥儿，想跑过来，却被阿猪先生笑着制止。幸男、富永医生，所有与鹭屋相关的人全都欢声雷动，掌声如潮。在那些人的后面……隐约看到一个人影。

"好！要跳咯！"

飞朗对神轿守护者们喊道。"噢噢噢——"潮水般的回应。担夫停止了摇动大神轿。雏步不知怎么回事，回头一看，只见飞朗的手放开了大神轿，张开双臂，向着神轿守护者们跳了下去。

啊……雏步不敢相信地睁大眼睛,却见神轿守护者们稳稳地接住了飞朗。

"好了,把神轿慢慢放下,不要让巫女受伤了哦!"

挂河先生对汤之町大神轿的担夫们说道。

"请等一下!"

雏步望着下面,突然出声。她看着飞朗和周围的神轿守护者们。

"我,也要跳咯!"

啊?疑惑声传了上来。

雏步转过身去,准备背身跃下。她相信,一定会有人接住自己。雏步的心中带着对大家的信任毅然起跳,仰面落下。

啊……天空中掠过一个巨大的白色羽翼……

接下来,在一阵柔和的冲击中,她被很多只手稳稳地托住。

"噢噢噢——"又是一波欢呼和掌声将雏步包围,越过人们的笑脸,那个白色的羽翼已经消失了。飞朗扶着雏步站了起来。

"谢谢大家！谢谢！谢谢！"

雏步不停地对着周围致谢，然后离开了人群。她向着道后村大神轿的人群，充满感激地躬身行礼。雏步一边道谢，一边分开围在身边的人潮，向正在朝光亮之外走去的一个身影叫道："老板娘！"

离去的背影停住了，回过身来看着雏步。

"老板娘……您也来了……"

老板娘像是一个调皮被抓包的小朋友，有些难为情地笑了："还是不放心，就来了……可是，真了不起，你真的太棒了！"

雏步一下子扑进了老板娘的怀中。双手绕到老板娘的后背紧紧地抱住她。她用力吸着老板娘身上的香气。

"老板娘，我有一个请求。"

"嗯，是什么呀？"

"请您陪我一起，送别我的爸爸妈妈……就在鹭屋，我要向他们道别。"

老板娘用手围住了雏步的身体，紧紧地将她搂在怀中。

"好的。我会跟你一起,送别你的爸爸妈妈。"

咚——道后温泉本馆的大鼓鸣响了,宣告着新一天的开始,一下,又一下,声波涌向正在放亮的天空。

五十二

这里,是这里,就是这里。

在人迹罕至的山中,雏步站在一个小小的农园前。

虽然占地不大,但是栅栏却立得很高。在农道进出口的位置,没有水龙头。水龙头的旁边有棵树,树枝上挂着两个衣架,每个衣架上都搭着两条旧手巾。

"找到了!由茉,在这里!勇麒、奏磨,这里这里,就是这里啊!"

雏步对拽着自行车正在上坡的由茉喊道。已经先爬到坡顶的勇麒和奏磨,闻声便骑在车子上一路溜了下来。

"我借用的,就是挂在这里的手巾。"

雏步从舅父家逃出来的途中,为了包裹受伤的脚，借用了别人的手巾。在被老板娘救回去的时候，据说脚上还缠着它们。老板娘为雏步擦洗身体时，解下手巾，洗得干干净净，帮她收好了。

本来想早点来归还，但是却一直也找不到当初借用手巾的地方。后来去请教为鹭屋提供叶菜和水果的久里原先生，他对附近的农户比较熟悉，终于帮雏步找到了这户人家。农园的主人是一对老夫妇，他们在农田中种植作物，自给自足，至于不见了的手巾，他们以为是被风刮跑了。

据说，老夫妇笑着表示，那两块布又破又旧，不用还了。但是雏步还是想当面道谢，于是就问清楚详细地址，趁着周日，借了小卷姐姐的自行车跑来了。

久里原先生和老板娘都提出要开车送她来。但是雏步想再次体验一下自己曾经走过的道路，想用自己的身体去亲自体会那种感觉。因为，所有的一切都是从那天开始的……

她本来想步行过去，但是大家劝阻她说太远了，所以就借了自行车代步。在自主学习教室提到这件事的时候,三个好朋友也要一起来,说是想从紧张的备考学习中喘口气。

雏步按照路线指示出发,终于来到了农园主人的房前。因为事先打过电话,老爷爷和老奶奶特意准备了自家手制的柿子饼来招待他们。这种点心用的是自家院子里的柿子树上结的果实,晒成柿饼,切碎之后与米粉混合在一起揉匀蒸制而成。柿饼的甘甜,再加上烘烤之后的香气,让四个孩子直呼美味,大快朵颐。

雏步正式同二位老人致歉和道谢,将自己重新洗好并熨烫平整的手巾,和在鹭屋的厨房里,在尚子的指导下自己亲手制作的、别名莫布里的松山寿司恭恭敬敬地递了过去。两位老人欣喜万分,又将自家田里种的红薯和小松菜装了四个袋子,作为礼物分别给四个孩子带上。

骑着自行车返回道后,大概需要一个半小时的路程。勇麒和奏磨一路在赛车,雏步和白茉慢悠悠地跟在后面,感受着初冬的风。

"阿雏,抱歉哦,我没能去参加送别会。因为得看护弟弟妹妹。"

"嗯嗯,没关系的呀!由茉的心意我已经收到了。"

在鹭屋,大家为雏步的父母举行了送别会,很多人都出席了。哥哥鹿雄也特意赶了过来。

在大开间里,真雀婆婆念出了雏步和鹿雄父母的名字,她说:"感谢你们让我们懂得了生命的可贵。"

然后大家齐声说道:"感谢。"

真雀婆婆接着说:"感谢你们让我们懂得了共生共存所具有的无可替代的价值。"

众人又齐声说道:"感谢。"

接下来,人们将各自带来的食物摆满了桌子,按照习惯,还要与所有出席者共享对送别者的回忆。雏步向大家讲述了自己的父母和祖父母的往事,也回忆了同样已经逝去的乡亲们的事情。

鹿雄在说到对家人的怀念时,讲到一半突然哭了起来。他比雏步哭得还要大声,雏步和大家都感到很意外。

"必须守护自己最最挂心的妹妹,但却只能孤军奋战,需要不断地苛求自己,需要忍耐,就像是背负了一个沉重的负担。现在,也许从这种责任感中稍微得到了一些解脱,所以才会这样。"

老板娘低声说道,感叹中充满宽慰之意。

玛利亚无限爱怜地将鹿雄紧紧抱在怀中。也许,让小卷来做这件事更好……小卷对雏步说:"你的哥哥也吃了很多苦啊!"这句话似乎传到了鹿雄的耳朵里。只见他从玛利亚胸前的沟壑中挣扎着看向雏步,眼神似乎在示意她,请小卷……

可是,老哥啊,人生不会那么容易的哦……雏步靠近哥哥的身边,拜托玛利亚道:"抱到他喘不过气来!"

现在正是最好的骑行季节。红叶的颜色正在转浓,不知从何处传来焚火的气味。四人轻轻松松地踏着自行车,天还没黑,就已经回到了石手寺前。

勇麒和奏蓊提议说从背面绕一圈回去。虽然上坡非常辛苦,但是下坡的时候会很过瘾。男生真是幼稚啊……雏步和由茉无奈地对视了一下,跟随两个男孩子绕到了石手寺的后面。

当时就是在这里，遇到了两个列支敦士登人，飞朗哥还去跟他们打招呼……最终考试，飞朗哥应该考过了吧……马上就要公布结果了，一定会考上的……雏步一边想着，一边跟在两个男孩子的后面，与由茉一起爬坡，就在这时，她突然发现右手的杂木林中闪过一抹白色。

雏步握住刹车，稍微退后了一点。树荫下露出了巡礼者穿着的那种半袖的白衫。雏步下了自行车，向白衫走近。

只见一个人靠着树，瘫坐在那里。毛衣外面披着白衫，下身是牛仔裤和运动鞋，背囊和金刚杖滚落在草丛中。看上去应该是徒步巡礼者。

"怎么了？你还好吗？"

雏步轻声问道。

抬起来的脸，属于一位二十多岁的长发女子。

"啊，突然觉得头晕……"

女子声音微弱地答道。

"怎么了？"

传来由茉的声音。勇麒和奏磨也骑着自行车折返回来。

"说是头晕。"

"要叫救护车吗?"

奏磨从外套口袋里掏出手机。

"啊,不用……稍微歇一歇就好……"

女子无力地摆了摆手。

雏步跪在她的身边,问出了一句最重要的话:"冒昧地问一句……您,可有归处?"

"什么……"

"您,有没有可以回去的地方?"

对方的表情变得十分惊讶,她反过来盯着雏步。也许,她也曾经这样问过自己。我,可有归处?

雏步读懂了对方的表情,换了个方式重新问道:"比如,住处订好了吗?"

对方沉默了一会儿,摇了摇头。雏步回头看着奏磨:"拜托,帮我给鹭屋打个电话好吗?阿猪先生和明典哥,不知道在不在附近。"

"我知道明典的手机号码。因为祭典的事情偶尔联络过。"

奏磨答道，开始打电话。雏步和由茉扶着女子起身，勇麒拾起了草丛中的背囊和手杖。

"巧了！他说正好在石手寺前。马上就过来。"

雏步听到奏磨的答复，转身对女子说："车马上就来。不是出租车，是像飞毯一样的东西。"

女子听不懂她在说什么，微微地皱了皱眉头。

"啊，其实并不会飞，我所说的飞毯，只是一种、那个……"

那个叫什么来着？山芋？宝玉？美玉？

"阿雏……你是想说，比喻吗？"

由茉及时相救。对对对就是它……雏步忙对女子道歉："对不起，我刚才一时没说出来，是比喻。所以，不会真的在天上飞。但是，坐上去很舒适！"

她谢过由茉。

"来了来了！"

奏磨叫道。坡底下，明典拉着人力车，旁边可以看见阿猪先生的身影。

"我去帮忙推车。"

勇麒向人力车那里跑去。"我也去。"奏磨跟在后面跑。

雏步和由茉一起将女子扶了起来,撑住她走到路上。

"好了,咱们这就回吧。"

雏步对女子说道。由茉凑过脸来:"阿雏……在这种情况下,应该说'去',才对哟!"

"不,在这种情况下,应该说'回'。好了,咱们回家。请在家里好好休息……慢慢调养,一直到能再次出发。"

扑棱棱……雏步的头顶,突然传来鸟儿的鼓翼之声。

雏步抬起头来。暮光之中,灿灿红叶流光溢彩,清爽的微风抚过火热的脸颊,飘然而去。

谢　辞

我出生和成长的家,距道后温泉本馆只有三百米的距离。我的故乡是一片承蒙上天眷顾的土地,拥有悠久的历史和治愈身心的温泉。虽然如今我明白它的价值,但回想年幼时的自己,对历史毫无兴趣,去著名的温泉泡浴,也不过是跟泡澡堂子一样感觉稀松平常,从来没觉得有什么了不起(周围的人莫不如是)。

不仅如此,少年时代(特别是初高中时期)的我甚至厌恶自己的家乡。因为在乡下,从众心理带来了巨大的同辈压力,一些与众不同的行为总是会招致惊诧的目光,像是受到某种责罚。这种环境令我感到压抑,总是盼着能快点离开。当年,是为数不多的几个朋友拯救了我。他们愿意陪我玩愚蠢的游戏，对于我想成为一名表达者的鲁莽梦想，他们都笑着支持。后来我意识到，我厌恶的并不是自己的家乡，而是管理严格的学校，和几乎要屈服于从众行为的神经质的自己。

帮助我构建起这个故事的，也是我的朋友们。如今，他们在家乡各自的岗位上担负着各自的职责，从本故事的构想阶段起，就给予了我很多建议和想法。特别是从幼儿园时代起便结缘至今的挂川正利，不仅让我从监理者的角度了解到祭典活动的具体细节，更介绍了很多人给我认识。其中有伊佐尔波神社、汤神社八町会总代西冈义则先生，正是因为他的热情关照，我才得到道后地区的各方人士，八町会的各位成员以及神职人员的理解和支持，最终成就了本书的写作。此外，爱媛县、松山市的有关人士也在创作过程中给予了我莫大的帮助，在此，我向各位表示由衷的感谢。

感谢文艺春秋的编辑秋月透马、三阪直弘无私奉献的工作精神和对本故事倾注的热情。另外，作为创作团队，一直持续协助我工作的荒俣胜利、武田升，制作出优美装帧的关口圣司，通过各种角度，从方方面面给予协助的该出版社的工作人员，以及不断对我的青涩进行补救的各位校对，请允许我在此对大家深致谢忱。

此外，对于雕刻家三泽厚彦先生亲自挥笔创作的优美的封面绘画，千恩万谢亦不为过。从构想阶段开始，我的直觉就告诉自己，这个故事需要三泽先生有温度的画作，便提出了请求。连载阶段，三泽先生甚至接下了插画的工作。每一次富有想象力的插画都为我的笔头带来新的刺激。如果没有三泽先生的绘画，我想，雏步等人也不会成长至此。对此，自是感激不尽。

表达者，同时也是一名生活者。日常生活都会给故事以影响，也支持着我的自身。在这里，我也要写下对自己家人的感恩。

每当看到或听到发生在身边或远方的悲剧时，身处这个时代，这样的环境，都不得不问及自己所从事的工作的意义，生存的含义。我只是希望这个故事能回答这种疑问。再次感谢让我写出这个故事的所有人。

二〇一九年秋

天童荒太

参考资料

【文献】

《道后温泉 增补版》(《道后温泉》编辑委员会编 代表 景浦勉／松山市)

《伊予之泉〈伊豫之汤〉》(高滨虚子[复刻版]／虚子碧梧桐诞辰百年祭典实行委员会)

《遍路者——松山的遍路和民俗》(松山市教育委员会编著／松山市教育委员会)

《子规的故乡——松山·道后温泉》(读卖新闻社)

《仰卧漫录·附·早坂晓〈子规和他的妹妹正冈律〉》(正冈子规 早坂晓／幻戏书房)

《松山道后指南 附伊予铁道入门》(高滨虚子 明治二十七年版[复制]/松山市立子规纪念博物馆友之会)

《四国遍礼灵场记》(寂本原 著·村上护 译/教育社)

《我也是四国遍路者》(平野惠理子/集英社)

《地图杂志·爱媛·松山·道后温泉·宇和岛·岛波海道》(昭文社)

《从美军资料解读 爱媛空袭》(今治明德高等学校矢旺分校和平学习实行委员会编/创风社出版)

《哥儿》(夏目漱石/新潮文库)

【影像资料】

DVD《汤之町大神轿 平成23年》
DVD《汤之町大神轿 平成26年》
DVD《道后八町男人节 平成29年》(企划制作 伊佐尔波神社·汤神社八町会)

此外，也浏览并参考了爱媛县、松山市、总务省、松山市立子规纪念博物馆官网上的资料。

对各位作者、版权所有人及管理者，以及各团体表示感谢。

本作品纯属虚构，与实际的地点、团体、个人等不存在任何关联。

JUNREI NO IE by TENDO Arata

Copyright © 2019 TENDO Arata

All rights reserved.

Original Japanese edition published by Bungeishunju Ltd., in 2019.

Chinese (in simplified character only) translation rights in PRC reserved

by Hunan Literature & Art Publishing House Co., Ltd., under the license

granted by TENDO Arata, arranged with Bungeishunju Ltd., Japan through

Bardon-Chinese Media Agency, Taiwan.

著作权合同图字：18-2020-040